CAVALA,

Do que é que o mundo sabe

Editor
Eduardo Lacerda

Assistentes Editoriais
Amanda Vital / Gabriel Santana / Içara Bahia /
João Vitor Nascimento / Raquel Alves / Ricardo Escudeiro

Capa e projeto Gráfico
Henrique Lourenço

Revisão
Gabriela Schumann

Administrativo e Comercial
Pricila Gunutzmann

Administrativo e Marketing
Sofia Fernandez Gunutzmann

Expedição
Sheila Gomes

Eventos
Flávio Rodrigues

Catalogação na publicação
Elaborada por Bibliotecária Janaina Ramos – CRB-8/9166

H634c

Higa, Mariana

Cavala / Mariana Higa. – São Paulo: Patuá, 2024.

158 p.; 14 X 21 cm

ISBN 978-85-8297-890-0

1. Romance. 2. Literatura brasileira. I. Higa, Mariana. II. Título.

CDD 869.93

Índice para catálogo sistemático
I. Romance : Literatura brasileira

Editora Patuá / Livraria Patuscada
Rua Luís Murat, 40 – Pinheiros
São Paulo – SP – CEP: 05436-050
www.editorapatua.com.br
Cel.: (11) 98365-4985 / editorapatua@gmail.com

CAVALA,

Do que é que o mundo sabe

Mariana Higa

PATUÁ
EDITORA
LIVROS SÃO AMULETOS

“Se olhares nos olhos de um cavalo,
verás muito da tristeza do mundo!”
João Guimarães Rosa

*"É determinismo, sim. Mas seguindo
o próprio determinismo é que se é livre.
Prisão seria seguir um destino que não
fosse o próprio. Há uma grande
liberdade em se ter um destino.
Este é o nosso livre-arbítrio"*
Clarice Lispector

*"O pior é que, justamente nesse
momento, quando quase ninguém ainda
aprendeu a levar a pedra até o céu, a
infância acaba de repente"*
Julio Cortázar

Para Izabel, Aki e Bá,
que estiveram desde
o começo.

Para Marcio,
Maria e Alline,
que estarão até o fim.

Quando uma menina nasce

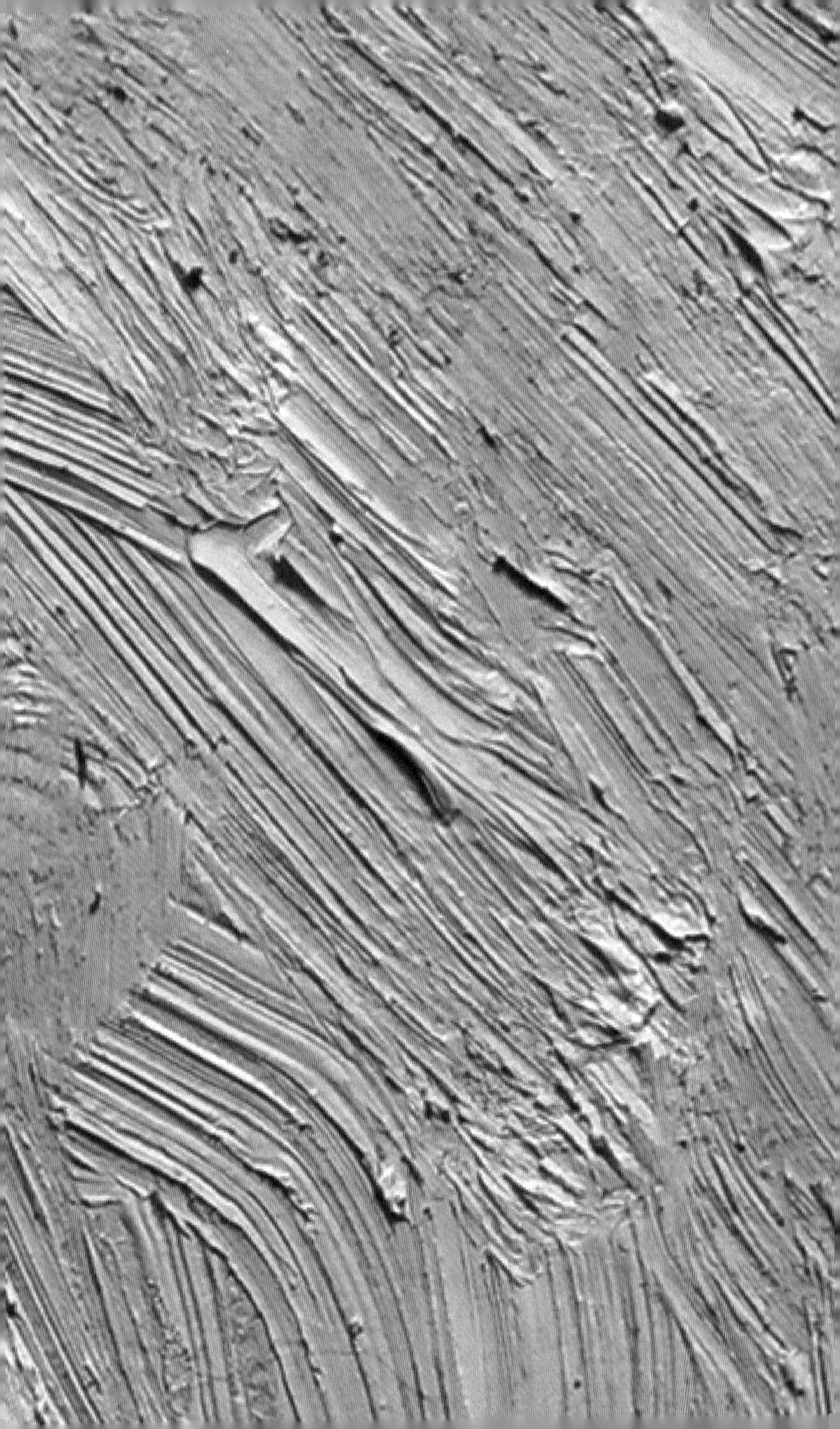

1

É preciso acreditar que mariposas cegam e que borboletas pretas dão má sorte. Tudo é uma desculpa para matar coisas bonitas.

Tampouco sabia eu que a insustentável natureza de ser mulher me tornaria uma benção e uma maldição e que, por isso, eu muitas vezes cairia e me levantaria tal como a filha de Abena, assim como eu me apagaria e me acenderia, em impassível constância, como a vela de uma bruxa. Ainda assim, eu viveria com a sensação imaterial de estar mais vivendo do que morrendo, mesmo que meu corpo contasse outras histórias – tudo porque um dia ousei ficar em pé em cima de um cavalo selvagem.

A primeira vez que a cavala apareceu foi na noite do meu aniversário de sete anos. Este, certamente, não era o nosso primeiro encontro, pois ela me conhecia de outros interlúdios (embora eu não me recordasse).

Aos seis anos, eu era feliz à toa, sem pedir nada em troca – como a lagarta que só recebe, só devora tudo o que vê pela frente. Mas aos sete, passei a temer a morte como quem perde o controle do próprio corpo que cresce e transmuta como resposta ao tempo. O processo machuca. O caminho entre o recolhimento do corpo no casulo até o esticar das asas era demasiadamente dolorido. Eu facilmente concluí que bastava viver para se começar a morrer.

Mesmo assim, eu era inesperada. Quem me via concluía que eu era feliz, ainda que triste. Eu estava em busca da palavra certa para sê-la. Talvez eu tivesse que criá-la.

A cavala apareceu no canto dos meus olhos do alto da janela, enquanto eu fazia um pedido de aniversário para uma estrela (que mais tarde eu iria descobrir ser, na verdade, Saturno). Eram hábitos de minha avó, que costumava rezar para o sol e agradecer à lua, e ordenava-me, em todos os aniversários, que fizesse um pedido à estrela mais brilhante.

Da janela do segundo piso, eu via a cavala saindo de trás da mata. Era uma figura preta que ia se formando como um fantasma. Andou em círculos com a crina voando como os cabelos de uma moça e o rabo balançando impaciente. Ela parou, parecendo me encarar. Não senti medo, mas senti as paredes do estômago vibrarem. Gritei para a vó que tinha um cavalo lá embaixo. A vó, que vinha trazendo o meu pijama nas mãos, olhou pela janela e nada viu. A cavala já sumira.

Naquela noite, não dormi e também não tive mais coragem de olhar para fora. Na noite seguinte, ela não apareceu, e nem na próxima e nem depois.

Mas ela voltou a se manifestar, assim como ainda ressurgiria muitas vezes por toda a nossa vida. E sempre que aparecia, ela tinha o poder de deslocar as densidades da atmosfera e trazia consigo o ar frio. Eu, sempre atenta ao mundo e a suas ameaças, aprendera a identificar as mudanças de temperatura, assim como as flutuações de humor dos adultos.

Olhei pela janela e lá estava ela, a cavala. Nesse momento eu ainda não sabia que era uma fêmea. Por enquanto, o que eu via ainda era apenas um cavalo preto. O vento noturno balançava as árvores e sua crina brilhante, a cabeça estava para fora das sombras e o resto do corpo escondido. Parecia um centauro, só que parte cavalo parte floresta.

E assim foram as noites seguintes: eu ouvia o roçar de pernas, sentia o frio levemente cortante, e olhava pela janela para lá fora encontrar o cavalo.

Um dia, tomei coragem e acenei. Eu ri um riso de criança irrequieta e esperei. Mas nas próximas três noites ela não apareceu. Teria sido a minha ousadia?

Entretanto, na noite seguinte, assim que ouvi o roçar das folhas, eu corri. Desci as escadas nas pontas dos pés, tentando avançar em silêncio para não despertar os adultos.

Prendi a respiração e destravei o trinco grosso da porta de madeira. A porta se abriu e me vi sozinha diante de todo aquele mato soturno que parecia muito maior debaixo do recôncavo preto do céu. Mas aquele era um dos tipos de escuridão do qual eu era íntima, o negro onde se sabe onde ficam todas as formas, o negro dos olhos de minha mãe.

Andei pela clareira esperando ver uma sombra ou uma silhueta, mas não havia nada ali. Foi então que ouvi um roçar delicado de folhas, e uma atividade violenta das partículas de ar balançou meus cabelos de terra quente. Era ela. A cavala era alta – grande demais, quase não cabia dentro dos meus olhos. Seu corpo era musculoso e tonificado e brilhante. Sua cara de cavala era muito comprida e muito negra, continha duas narinas fundas e largas, seus olhos eram redondos e massivos, como bolas de gude pretas.

A cavala se aproximou de mim, senti o ar frio saindo de suas ventas, ela abaixou a cabeça como quem saúda a nobreza e me senti única por um instante. Mas quando minhas mãos se esticavam no ar, prestes a acariciá-la, ouvi um estampido e um farolete de luz surgiu apontado para o meu rosto, fazendo-me cerrar os olhos com força. Ouvi minha mãe gritando na minha direção, esbravejando e indagando por que eu estava do lado de fora. Por fim, arrastou-me de volta pelo braço tão bruscamente quanto uma cadela que leva o filhote pela boca. Meu tio saía pela porta, também vociferando com sua escopeta no ombro, minha avó vinha logo atrás, com uma panela na mão. Eu havia acordado a casa toda.

"Uma onça podia ter te pegado, menina!", minha mãe gritava, a espingarda de sal ainda na mão.

Não contei sobre a cavala, até porque ninguém me perguntou. Não sei como não apanhei, mandaram-me apenas direto para o quarto, mas eu fiquei escondida na beira da escada, escutando o que eles falavam. Os adultos crescem e se esquecem que as crianças ouvem tudo.

"Você não viu? O que era aquilo? Parecia um cavalo. Mas era tão grande...", disse minha mãe.

"Quem via essas coisas aqui você sabe quem era...", disse a vó.

Eu sabia que a minha avó estava falando do meu pai. Se minha mãe tinha visto a cavala, ela era real. E se a vó estava falando que meu pai via também... ele via a mesma cavala preta?

Subi para o quarto ainda com o coração acelerado. O que quer que tivesse sido, aprendi que não devia ignorar. Não se ignora aquilo que estoura fagulhas no peito.

Logo depois, a vó veio ver se eu dormia e eu corri para debaixo das cobertas, fingindo ter os olhos bem fechados. Mas olhei de canto e espiei os dedos magros arrumando o cobertor embaixo do meu queixo.

Os dedos finos e pretos de minha avó eram o dedo que eu imaginava que João e Maria mostravam para a bruxa para que ela não os comesse. Se eu e a vó fossemos pegas pela bruxa, eu mostraria o dedo dela até a gente escapar.

Quando a vó estava de saída do quarto, eu soprei uma pergunta: "Vó, onde é que o pai está mesmo?"

Ela suspirou. "Seu pai está resolvendo umas coisas. Um dia, ele volta. Agora vai dormir, minha filha"

Eu sabia que meu pai estava preso. Minha avó me contava histórias sobre ele, causos e traquinagens de menino, mas eu, para dizer a verdade, mal sabia descrever direito a cara dele. Acho que era a forma dela de mantê-lo presente dentro de mim. E dentro de si mesma.

Demorei anos para entender a visita da cavala e por que era para mim que ela aparecia. Se quando criança eu a enxergava como um amigo imaginário, quando estava crescida, sua presença se tornou um fardo e um alívio. Perguntei-lhe certa vez e ela me disse que era porque a vida só podia ser vivida em espiral e nunca em linha reta. Depois, percebi que sua manifestação correspondia aos ciclos de repetição do qual a minha vida inocentemente fazia parte.

Após aquele conturbado encontro noturno, a cavala parecia ter percebido que não poderia aparecer somente à noite caso quisesse aproximar-se de fato. Por isso, ela se manifestou para mim em uma manhã logo cedo, quando fui dar milho às galinhas. Ela estava na clareira, bela e negra, alguns metros depois do galinheiro. Com o susto ao vê-la, derrubei a cesta de milho no chão, as galinhas voaram famintas por cima dos grãos. Olhei para a casa, conferindo se nenhum adulto estava me vendo. Eu desejava manter aquela descoberta somente para mim, como um pequeno segredo.

Quando me aproximei, sua cabeça se curvou, e toquei em seu focinho preto. O pelo era tão grosso e liso que a mão escorregava. Quando a chamei de “cavalo”, ela me olhou diretamente nos olhos, e lá dentro vi o meu próprio reflexo e entendi, pela insistência do olhar, que era uma fêmea como eu.

Era uma cavala.

E só por isso, ela já entendia o que era existir num mundo de homens e machos.

A cavala agachou o corpo inteiro no chão e entendi que queria que eu a montasse. Olhei novamente em direção à casa, temendo que alguém nos visse, e ouvi automaticamente a voz da minha mãe dentro da minha cabeça: “Nunca entre no mato sozinha, Izabel”. O sítio era bastante recluso e todo rodeado de um mato que tinha toda a sorte de pequenos e grandes animais.

Mas mal tive tempo de decidir se obedeceria à minha mãe ou não. Assim que subi em seu dorso, a cavala voou para dentro da floresta, enquanto eu tentava me segurar em sua crina com minhas mãos pequenas. Aos poucos, o medo se transformou em liberdade e o vento fresco acariciava o meu rosto como plumas macias.

Corremos em linha reta por um tempo, adentrando cada vez mais a pequena selva. A cavala diminuiu a velocidade e assumiu um leve trotar quando alcançamos uma área densa de árvores, até decidir parar totalmente e me fazer descer ao chão. Ouvi o barulho de folhas se movendo e se quebrando, e ao que o meu olhar foi atraído para trás, dei-me com um enorme búfalo.

Senti o medo que todos sentem quando atravessam um desses portais.

O animal, robusto e chifrudo, encarava-me com persistência. Sem aviso, iniciou uma série de movimentos estranhos e desconexos, até que do seu pescoço começou a surgir a cabeça de uma mulher. Despia-se da pele de búfalo a mais bela das mulheres. Assim que terminou, enrolou a pele e a escondeu debaixo de um tronco. Como tinha o corpo sujo de sangue, ordenou que os céus chovessem, lavando-se inteira. Já com o corpo seco e enrolado em um bonito lenço vermelho, ajoelhou-se à minha frente e sorriu um estonteante sorriso. Desejei ser forte como ela quando vi que dentro de seus olhos não havia medo ou tristeza ou solidão. Ela me deu a mão e me levou para baixo de uma grande árvore. Ali mal vimos as horas passarem enquanto dançávamos felizes e comíamos os pequenos animais que ela caçava.

Quando começou a anoitecer, ela me disse que era hora de ir embora e me deu a mão, levando-nos de volta ao tronco onde deixara sua pele de búfala.

"Posso experimentar também?", perguntei, em minha curiosidade de menina.

Ela pensou um pouco e acabou cedendo, chegando à conclusão de que não haveria mal algum. Vesti a pele e me transformei em um búfalo grande e robusto, e assim entendi por que ela era tão forte. Após brincar de búfalo, retirei a pele e a entreguei a ela. Porém, ela me olhou assustada e levou a mão à boca.

"Você está suja de sangue!", gritou.

Olhei para mim mesma e percebi que, além do sangue, eu também havia crescido, devia ter agora doze anos. Apenas olhei espantada para ela.

Ela me olhou com seus olhos arregalados até se entregar à resignação de quem se dá conta de que algo que não tem volta acabara de acontecer.

Ajoelhou-se novamente diante de mim e pegou em minhas mãos.

"Você vai atravessar uma montanha muito, muito alta", disse ela, com a voz pungente. "Uma montanha levantada por cada mulher que veio antes de você. Sua mãe, a mãe de sua mãe, a mãe da mãe de sua mãe. Você vai sentir raiva e depois vai sentir amor"

Eu não conseguia entender o que ela dizia e tampouco sabia formular uma pergunta para que me explicasse melhor. Por fim, ela me beijou a testa com ternura e disse que precisava consertar o que tinha feito para que eu pudesse ir para casa.

Enquanto ordenava que chovesse sobre mim, ela começou a cantar:

meu coração tem peso
colocaram muita coisa dentro
pedra, vidro, concha
colocaram muita coisa dentro
sal, areia, cal

eu já sei do futuro
e já sei do passado
mas você é a única
a saber do presente

acho que o seu poder
é maior que o meu

Enquanto a chuva lavava, o vento secava o meu corpo. Ela se transformou em búfalo novamente e ficou me olhando enquanto eu montava a cavala.

"Izabel! Seu leite vai esfriar!", eu pisquei e estava de volta. Eu, menina de sete anos novamente, estava na porta de casa, enquanto minha avó gritava da janela e as galinhas corriam pelo mato. Só sei que entrei e fui tomar meu leite quente.

A cavala já não estava lá.

2

A cavala permaneceu por exatos vinte e oito dias e depois só tornou a aparecer anos mais tarde.

Durante esse tempo em que esteve comigo, ela me levava para longas cavalgadas entre rios e cachoeiras que brotavam daquela terra. Percorremos juntas todo o cerrado, da nascente do Velho Chico às serras cercadas pelas paredes íngremes e o robusto chapadão.

A cada dia um grupo de animais diferentes nos seguia: em um dia eram borboletas, em outro eram tamanduás. Porém, a memória que não tornou a se repetir foi quando um lobo-guará começou a nos seguir, até que mais um se juntou a nós, seguido de outro e mais outro, até termos sete lobos em nosso rastro. Não sei se era algo mágico que emanava da cavala, mas na época eu não sabia o quão milagroso era juntar em grupo lobos tão solitários por natureza. Lembro-me de ter corrido com eles, maiores do que eu, com sua pelagem marrom-avermelhada, e as patas compridas e tingidas de preto, como se usassem botinas.

Olhando de perto os animais, eu me perguntava se minha vida era mesmo humana. Pois eu gostava mais das leis dos bichos. O máximo que poderiam querer do meu corpo seria devorá-lo.

Os animais têm seu percurso de vida definido.

Há de viver, há de lutar para viver. Há de morrer, há de aceitar que se vai morrer.

Muito diferente dos humanos. Os humanos não seguem o percurso natural da vida: interferem no destino dos outros e na própria sorte. É uma guerra de narrativas entre a realidade e a memória.

Foi naqueles dias, andando sobre o povo de pedra, cerceando-me do povo de pé, que aprendi a amar aquela terra ao ponto que eu já não conseguia diferenciar o que era bicho e o que era gente. Meu destino era ser lobo-guará, e o destino deles era ser eu também. Meu destino era ser pé de lobeira, e o destino dela era ser eu também. O que não era andar sobre a terra além de andar sobre os ossos dos mortos? Talvez fosse isso que a cavala quisesse me mostrar.

Por isso, depois de vinte e oito dias, quando a cavala deixou de aparecer, eu entrei em desespero, sendo tomada pela febre. Minha avó cuidou de mim com seus remédios e rezas, até que em meio ao delírio, de tanto eu dizer que queria um cavalo, minha mãe surgiu com um burrinho. Dei-lhe um nome composto de gente, sob protestos de minha mãe, e ele continuou conosco até quando, anos depois, fomos embora daquela cidade e não pudemos levá-lo.

Aos poucos, o burrinho atenuou a tristeza e fui me esquecendo da cavala, a ponto de não saber mais se ela tinha sido, de fato, real.

Quando minha avó tirava o cochilo da tarde, eu aproveitava e saía escondida com o burrinho, tentando recriar os caminhos da cavala. Andava pela serra atrás dos tatus, tamanduás e lobos-guarás. Sentava nos pés das cachoeiras só para ouvir o barulho da água batendo nas rochas e criando pedras novas.

Apanhei da minha mãe quando ela descobriu.

Ela dizia que era perigoso, mas mal sabia ela que o perigo estava dentro de casa.

Aos poucos, descobriram que não conseguiriam me prender então deixaram-me sair desde que eu fizesse os meus deveres e avisasse sempre. E assim eu o fazia.

Foi nessa época também o início da escola. A vó me levava e buscava de burrinho, todos os dias. Embora eu gostasse da ideia de aprender sobre as coisas, aparentemente ninguém gostava de estar no mesmo recinto que a filha de um presidiário.

Primeiro me escondia nos banheiros durante o recreio, depois descobri a biblioteca.

No começo, foram os desenhos que me atraíram, depois as fotografias, e assim que aprendi a ler, descobri que os livros tinham o poder de dar continuidade à vida que a cavala iniciara em mim.

Levava os livros para casa e os lia sem parar, lia enquanto mexia o caldo na panela, lia para as galinhas, recontava as histórias para a minha avó, recontava as histórias no espelho.

Há de viver. Há de viver as histórias além de si.

3

Ela me conectava com o céu.

Minha avó era uma mulher ossuda e escura, estava sempre usando um vestido estampado de florzinhas com um avental por cima. Nos pés levava uma sandália de couro trançado, e na cabeça, um pano branco que escondia os cabelos curtos e encaracolados. As maçãs do rosto eram proeminentes e as covinhas surgiam nas bochechas sempre que sorria.

Ela tinha nome de estação do ano e rezava batendo a cabeça no chão. Era uma mulher de santo que tinha acesso livre aos dois mundos. Ela conversava com os vivos e com os mortos, que ela chamava de invisíveis. Cultuava deusas mulheres e praticava uma medicina que curava com música e folhas.

Minha avó tinha o dom de receber cartas do outro lado da vida. Por isso, toda sexta-feira uma longa fila se formava na entrada do sítio para o que ela chamava de Dia do Mato: pessoas de vários lugares tinham a esperança de receber uma mensagem de alguém que havia partido.

Muito antes de eu nascer, meu pai e meu tio haviam construído um barracão no terreno do sítio, onde minha avó fazia os atendimentos. Ela pegava lápis e papel, fechava os olhos e escrevia a mensagem ditada por um invisível. Mas ninguém entendia como, porque ela não sabia ler nem escrever. O recado parecia certo, pois as pessoas gritavam e choravam emocionadas. Havia, também, as pessoas doentes do corpo ou da cabeça que vinham receber uma batida de ervas nas costas junto a uma receita de banho ou de infusão de chás.

Ela não cobrava por nada, mas o povo era agradecido e traziam toda a sorte de frutas, verduras, pães, leite e carnes. Uma parte nos alimentava, outra parte era dividida com os vizinhos.

Ela me conectava com a terra.

Minha avó que me criou. Ela que curava a minha febre e a minha manha. Dava-me banho de ervas e cantava quando meu coração ficava muito cheio de pensamentos. Eu me aninhava no côncavo do seu corpo e ela passava a mão no meu braço cem vezes sem nunca cansar. Aquelas mãos eram uma inesgotável fonte de não deixar morrer.

Já minha mãe e seu pensamento linear e lógico me desconectavam desses dois eixos para me manter flutuando no ar. Não era sua intenção e eu não a culpava, mas ela sempre esteve longe, fumando um cigarro mesmo na chuva.

Eu só fui entender, décadas depois, que não era pouquidade de amor, mas um esgotamento dele. Às vezes a fonte seca. Por isso, a minha busca por afeto sempre terminava em abraços não retribuídos, algo como um desinteresse que parecia ser da natureza do seu ser. Ela me alimentava, perguntava como estava a escola, brigava comigo se eu fosse mal-educada, mas sempre que ela me olhava, parecia doer.

Parecia que eu era feita de agulhas e olhar para mim a espetava em mil lugares.

Conforme eu crescia, sua distância se alargava, pois passou a ir trabalhar na cidade, vendendo os legumes e as verduras que plantávamos no sítio. Ela parecia mais feliz assim, longe de mim. Às vezes eu a via chorando ao pé da porta, fumando seu cigarro, eu corria e abraçava a sua cintura, ela colocava a mão na minha cabeça e me acariciava. Ela também tinha mãos incansáveis.

De alguma forma, ela tentava repor o amor através de atos de extrema significância, como comprar um burrinho. Mostrava que se importava, afinal.

Outra forma de demonstrar seu afeto era garantir que eu nunca saísse da escola, embora, na época, eu não soubesse do profundo impacto que isso teria em minha vida. Não importava o quanto passássemos por dificuldades e todos dissessem que eu deveria largar a escola e ir trabalhar com ela, sempre a ouvi dizer que eu iria continuar a estudar. Ela sabia que aquilo era a única herança que me deixaria.

Era muito claro que em outros tempos ela desejara outro destino para si. E agora tentava garantir um destino para mim.

Eu não conhecia ninguém da família dela. Estavam todos mortos, pelo que dizia. Um dia perguntei para a minha avó se não poderíamos receber uma carta deles, e ela me disse que o correio só vinha de lá para cá e por isso não tinha como perguntar.

Já a família do lado do meu pai era grande, porém toda repartida. Sete filhos, cinco mulheres e dois homens - meu pai e meu tio. Meu pai era o caçula temporão e eu ouvi meu tio dizer que era por isso que ele possuía o espírito amotinado e tinha sido preso.

Minha avó era viúva desde que meu pai era uma criança de colo. Tinha uma foto 3x4 a preto e branco do meu avô na cabeceira de sua cama. Todas as noites, ela rezava e depois fumava um cigarro de palha, conversando com a foto por longos minutos. Ao que eu saiba, ele nunca tinha mandado uma carta também. Para mim ele era apenas aquela cabeça sem corpo em duas dimensões, variando entre o claro e o escuro.

Eu nunca soube como ela aprendera a ser, a existir como aquela mulher forte de oito décadas para quem tudo bastava. Às vezes só se é. Anos mais tarde, eu pedi para receber cartas suas porque eu precisava saber. Mas elas nunca chegaram.

Ela tinha muitos netos, mas todos já adultos, e por isso cresci sozinha, sempre em descompasso com o nascimento de outras crianças na família. Não tive irmãos, embora duvidasse que fosse tê-los mesmo que meu pai não estivesse preso. Nas entrelinhas do que nunca fora dito, eu também talvez não tivesse nascido, se fosse pela minha mãe.

Por isso, aprendi a fritar ovos muito cedo. A cozinha, a lavoura e os animais me pareciam o mais próximo das brincadeiras.

Minha avó era essa criatura que preenchia a casa, conectava uma pessoa à outra, sempre servindo aos outros. Talvez tenha sido com ela que eu aprendera a guardar a minha dor e compartilhá-la apenas com fantasmas ou fotos 3x4. Nada parecia dobrá-la e eu tinha para mim que deveria ser como ela.

Assim, não duvido que, anos mais tarde, quando algo dentro de mim se quebrou como um ovo de galinha, minha avó tenha percebido e, silenciosamente, tentado entender para me ajudar. Mas eu me calei.

É verdade que eu queria que tudo fosse simples como fritar ovos de galinha. Mas tudo muda, o tempo é uma procissão empurrando uma memória em cima da outra, os ovos se quebram e perdem sua forma, para sempre.

Quando a cavala fala

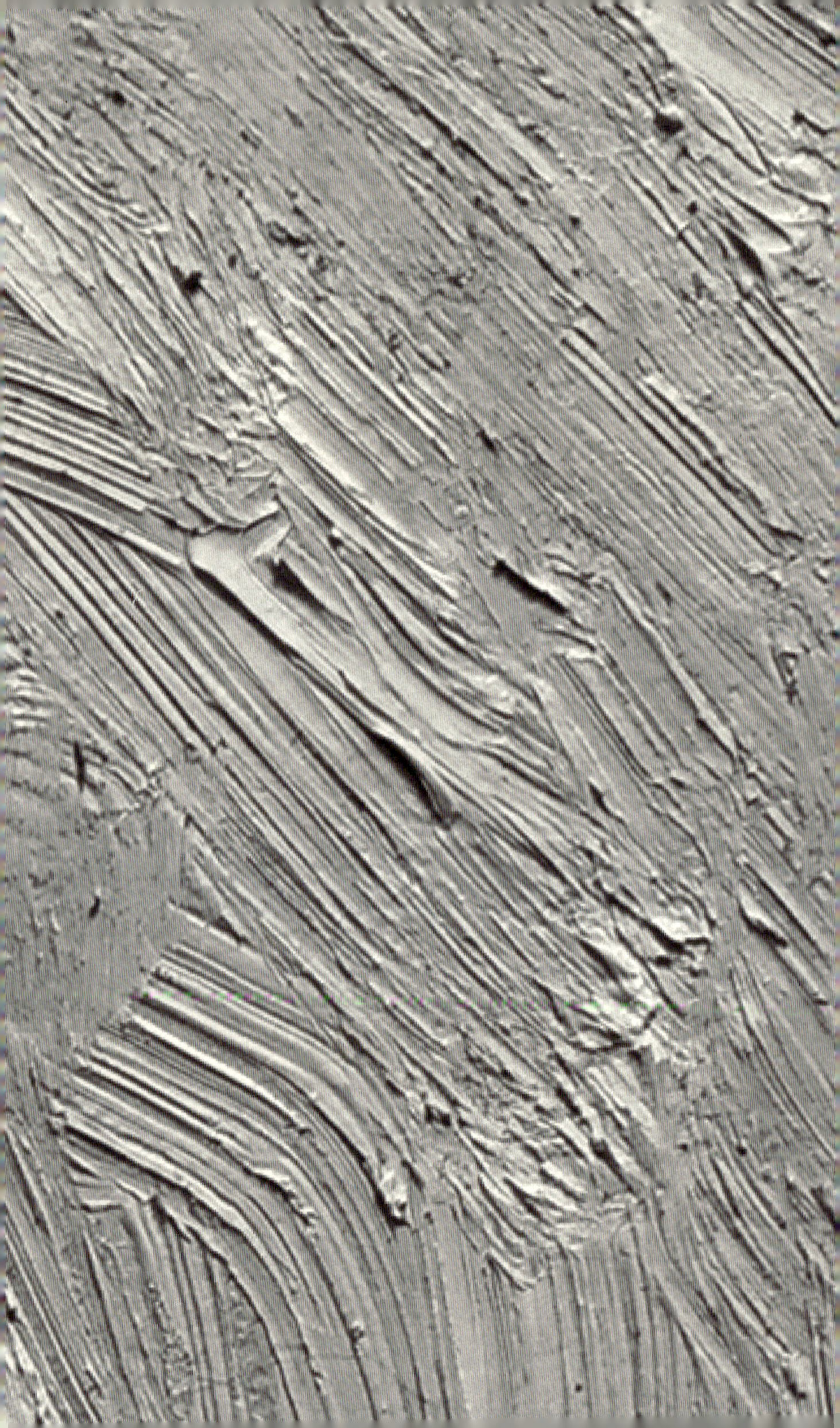

1

Eu voltei. Não quando a menina ardia em febre ou pedia por um cavalo. Eu voltei sempre que as águas a levavam longe demais e os rios se misturavam à sua saliva, prestes a se afogar na margem fina da vida. Eu não queria que ela descesse a montanha em vez de subi-la ainda mais. Eu não queria que ela não visse a vida, mesmo que triste e absurda, do topo do mundo, mesmo que pesada e obscura. Eu queria que ela escalasse e ali de cima escolhesse se seu destino seria saltar para o abismo ou voar para a estrela que, na verdade, era um planeta.

Eu sabia de todas as suas vidas vividas antes e depois desta. Em todas vivemos juntas, como humanos, espíritos ou animais. Mas nesta vida, ela estava só.

Izabel não sabia quando tudo começou, sabia apenas que acontecia pelo menos uma vez por semana.

Começou como um pequeno segredo.

"Este será o nosso segredinho"

Depois passou a ser uma ameaça.

> "Se contar para alguém, vou botar fogo na casa com a sua mãe e sua avó dentro. É isso que você quer?"

E assim nasceu a vontade de ser invisível. De ser uma pá, um pedaço de pau, uma folha de árvore. E assim ela seria inviolável. Não comia e quem sabe desapareceria sem ninguém notar. Depois desejou ser muito forte, grande, troncuda. Queria ser um homem. E assim seria temível. Comia tanto que vomitava e quem sabe seria forte para se defender.

Nada disso adiantou.

Às vezes acontecia em seu quarto de madrugada, às vezes no galpão de trás, uma vez até mesmo no galinheiro. Sentia vergonha das galinhas, elas sabiam de coisas demais e que bom que não sabiam falar.

Ela não entendia como seu corpo respondia com gozo, água e prazer quando sua alma saía entre os dentes cravados pelos gritos não dados. Sentia culpa pelo próprio corpo. Sentia nojo e desprezo pela terra devastada que ousava querer florir ao mínimo de sol e chuva.

O barulho do cinto sendo aberto, a fivela se batendo, aquele barulho particular parecia o sinal para fechar os olhos e pensar em outros mundos. Enquanto suas calças eram abaixadas, costumava pensar em mariposas verdes, roxas e marrons. Concentrava-se nas antenas que pareciam pequenas escovas e nas asas que pareciam ter olhos. Certa vez, lera que a mariposa-luna vivia por apenas sete dias. Pensou que seria perfeita para si, pois se vivesse apenas por uma semana, escolheria apenas voar e morreria em pleno ar.

Ela tinha doze anos quando acordou e viu que tinha sangue na calcinha. Trocava toda hora, lavava e pendurava, até que o varal já tinha cinco delas. A avó viu toda aquela fileira e veio ver o que era. Então mostrou-lhe pacientemente como usar os paninhos e como tinha que trocar duas vezes por dia. Explicou que aquilo aconteceria todos os meses dali em diante. Que agora ela era uma

mulher.

Não explicou nada mais. Sua mãe tampouco nada falou quando retornou da cidade, aonde levara a pequena colheita de batata-doce e couve para vender.

Mas não se sentia mulher. O que significava aquilo? Que deveria usar saia e batom, como faziam as mulheres das revistas? O que era ter doze anos e ser mulher?

Mas desta vez, a vida parecia estar a seu favor. Mesmo que sua barriga doesse em cólica, o tio parecia não gostar quando lhe descia o sangue. Mesmo que descesse por quatro dias, ela podia dizer que descia por sete, e assim tornava-se livre. Era sempre uma semana de felicidade.

Amar sua menstruação era um passo para se reconciliar à sua condição de mulher.

Porém, o vento muda de direção todos os dias.

Um dia amanheceu sentindo o corpo tomado. Não conseguia explicar o que era, apenas que se sentia tomada por algo, por inteiro, por absoluto. Os peitos doíam, o intestino estava preso, a barriga inchada. Os sons e os cheiros pareciam se sobressair em demasia. O liquidificador soava como uma serra elétrica, o cheiro do feijão parecia cheiro de rio sujo.

O primeiro alerta veio justamente das galinhas, como se quisessem contar o que sabiam, mandavam ovos com o cheiro mais forte que podiam. A menina não conseguia quebrar mais ovos, que vomitava ali mesmo na cozinha.

A avó pensou que era bicho e tentou tratar com chás e ervas, e logo ela voltou a cozinhar com ovos como antes. Mas o sangue não descia mais, parecia estar se acumulando em seu ventre, pois a barriga em seu corpo magro formava uma pequena protuberância desconfortável.

Logo o tio descobriu e não ficou feliz. Não conversou com ela e nem explicou, disse apenas:

"Precisa tirar isso"

Dias depois, o tio disse para a mãe e a avó de Izabel que tinha arrumado um trabalho na cidade vizinha e, como eram férias escolares, levaria a menina para ajudá-lo. Ninguém achou estranho, já que era comum que ele arranjasse esses trabalhos de tempos em tempos. Foram-se por três dias.

Era uma casa amarela, com paredes descascadas e ocupada por fantasmas. Uma mulher de meia-idade, cabelos pretos e vestido vermelho os atendeu e, após receber um maço de dinheiro, levou-os até uma sala nos fundos. O silêncio era bruto, quase nada se falava por ali. Izabel tomou alguns comprimidos e deitou-se sem calcinha de pernas abertas enquanto a mulher inseria uma cânula até o seu útero. Sentiu dor e agonia e medo.

Terminado tudo, ele levou Izabel para um hotelzinho em uma parada de caminhoneiros, onde ficaram por dois dias. Orientado pela aborteira, forrou o chão do banheiro com plástico e toalhas, onde Izabel sangrou e chorou de dor por horas. Enquanto o corpo todo se arrepiava em calafrios e a pele ardia em febre, seu espírito se sobressaltava sabendo bem dos processos fisiológicos pelos quais passava, mas Izabel, que entendia por metades, desejava meditar que morria em sua vida breve de mariposa. Sentiu frio e calor e tristeza.

Naquela noite, quando apareci dentro daquele banheiro pequeno e amarelado, ela verteu lágrimas perguntando se eu era real. Respondi que sim através da minha contínua presença pelos próximo vinte e oito dias.

Assim que o dia seguinte amanheceu, deu-se conta que ainda estava viva. E então banhou-se, vestiu-se e alimentou-se, de modo que pudessem retornar ao sítio, onde seu tio contou que Izabel passara mal com a comida e que precisaria continuar a tomar os remédios para curar o estômago. Deu ainda um bom dinheiro para a mãe da menina, como pagamento pela ajuda do trabalho. E assim, todos ficaram satisfeitos. Naquela noite, Izabel nada sentiu, apenas ouvia a voz do tio repetindo no seu ouvido:

"Trate de ficar de boca fechada ou eu mato a sua mãe e jogo o corpo dela no rio"

"Trate de ficar de boca fechada ou eu mato a sua mãe e jogo o corpo dela no rio"

"Trate de ficar de boca fechada ou eu mato a sua mãe e jogo o corpo dela no rio"

E assim os dias seguintes continuaram a amanhecer por mais dois anos, até que as galinhas mandaram novamente o recado através dos ovos.

Desta vez, Izabel estava com quatorze anos quando o cheiro nauseante da clara dos ovos lhe trazia a ideia sufocante de uma memória quase esquecida. Agora sabia bem o que se passava com seu corpo, pois vira no desenho dos livros de biologia o que crescia de ponta cabeça dento do útero da mulher, e o que provavelmente também crescia dentro de seu próprio ventre.

Não sabia o que fazer, mas enquanto buscava uma solução, escondia a barriga nas roupas.

O tio havia se juntado a uma mulher e haviam construído uma casa no terreno do sítio, fazendo com que a procurasse menos e assim pudesse esconder-se dele também.

Depois de quase seis meses, o desespero e a solidão pressionaram suas vísceras e o desejo de aniquilamento de tudo era latente. Nunca aprendera a pedir ajuda e, mesmo que soubesse, não sabia como navegar a névoa mental que atravessava.

Mas era como se seu corpo entendesse que ele mesmo precisava resolver aquela situação, já que ela não iria. Na escola, sentada nos fundos onde pudessem vê-la menos, seu corpo deu comandos de fuga soltando descargas de adrenalina. Sentiu a barriga doer, como sempre acontecia quando tinha medo, levantou o braço e pediu à professora para ir ao banheiro, correu suando frio, nem teve nojo de sentar-se na privada suja, porque precisava retirar de si todos os excrementos que seu corpo produzia.

Arfava enquanto girava em torno das paredes da cabine do banheiro em pânico, procurando uma saída por cima ou por baixo. Se estivesse encarando um precipício, certamente não hesitaria em saltar.

Naquele dia, desmaiou no banheiro da escola, ficou caída de calça abaixada, suja, fétida e vomitada. Foi encontrada pelas meninas que foram ao banheiro durante o recreio, e depois todos a viram sendo carregada para o hospital.

Quando acordou na cama da enfermaria, sua avó passava a mão em seu cabelo, a mão cheirando a cebola e alho era estranhamente reconfortante. Sua mãe entrou correndo pela porta, alguém parecia tê-la avisado que a menina havia acordado, os olhos fundos e vermelhos mostravam que andara chorando. O cheiro dos oito cigarros que ela havia fumado lá fora se misturou ao cheiro de éter.

A mãe a abraçou de forma dura e desajeitada. Izabel se lembrou da barriga e pensou em como faria para contar, e se a mãe a perdoaria. Quando pensou nisso, tudo o que não tinha no estômago desejou sair e ela golfou água amarga e amarela.

Izabel só queria ir embora e dizia estar bem, mas por alguma razão que não lhe explanavam, ela não podia voltar para casa, via apenas as enfermeiras, os médicos e os outros pacientes do quarto cochichando e a olhando de esgueira. Para quem guarda segredos, é muito difícil viver sem saber do que é que o mundo sabe.

Fez exames, tirou sangue, e quando fizeram o ultrassom colocando sobre sua barriga o líquido gélido, soube que havia sido descoberta.

A todo momento olhava para a mãe e a avó, com medo de que elas soubessem e que estivessem bravas, e que não pudessem perdoá-la. Mas quando o médico finalmente veio falar com elas sobre os resultados dos exames, Izabel não esperava que ele fosse tão direto:

"Você sabe que está grávida, não é, menina?"

Izabel assentiu com a cabeça, calada, os olhos sem ter coragem de encarar ninguém. O médico, que já havia conversado com sua mãe e sua avó do lado de fora, prosseguiu:

"Você está de vinte três semanas, o bebê está com um bom tamanho e saudável ao que tudo indica, apesar de, provavelmente, não ter feito ainda nenhum acompanhamento médico, eu presumo?"

Izabel negou com a cabeça. Olhou de esgueira para a mãe e viu que esta olhava para o chão, evitando encará-la também. Começou a chorar.

"Agora não adianta chorar", disse o médico, acostumado aos casos de meninas de idade aproximada que apareciam grávidas na cidade, "na hora de fazer é bom, mas você precisa se responsabilizar agora"

"Já chega!", a avó de Izabel gritou, interpondo-se entre ela e o médico, "Acho que podemos conversar com ela sozinha agora"

Nem um pouco incomodado, o médico se retirou.

A mãe suspirou, depois puxou o ar novamente, e com ele, soltou a raiva contida:

"Eu confiei em você, Izabel! O que você estava pensando? Grávida aos quatorze anos? O que vai ser de você?"

As lágrimas continuavam a descer pelo rosto da menina, enquanto a avó tentava acariciar seus pés amorosamente.

"Mas não tem o que fazer agora", continuou a mãe, "Quem é o pai?"

Izabel a encarou assustada, as lágrimas cessaram imediatamente diante do intenso horror de precisar dar aquela resposta. A mãe viu em seu olhar mais do que terror, viu um medo mortal, um olhar que conhecia bem da própria infância, e assim algo dentro de si se acendeu. Pensou consigo que algo parecia fora do lugar, Izabel não era dada a correr atrás de meninos, não falava sobre isso, sequer parecia interessar-se, era mais solitária, não era sociável e gostava apenas de estudar, andava de burrinho pela serra, mas era apenas isso, sempre voltava para casa na hora combinada, era sempre muito obediente.

Ela era frágil. Deu-se conta do quanto a menina era frágil.

"Alguém fez algo que não devia com você?"

Quando Izabel abaixou os olhos, chorando ainda mais, sua mãe soube no mesmo instante que ali se formava uma tormenta. Segurou as mãos da filha, tentando conter dentre de si o pavor que estava quase sentindo. Precisava se segurar até obter aquela resposta.

"Quem foi, Izabel? Quem foi?"

Sem olhar para nenhum das duas, puxou o ar e em um sopro de coragem, respondeu baixinho:

"Foi o tio"

A mãe sentiu o coração congelar, enquanto a mente fazia uma varredura nas memórias tentando lembrar do que deixara passar, de como aquilo havia acontecido debaixo do mesmo teto que o seu. Então sentiu ardor e foi tomada pela raiva, chutando a cama e saindo porta afora.

A avó abraçou a menina, aninhando-a em seu peito.

Ainda naquele dia, Izabel precisou prestar depoimento ao delegado e conversar com uma assistente social. Não bastasse a dor, o delegado ainda confirmou três vezes a identidade de quem a engravidara. Afinal, uma acusação daquelas poderia estragar a vida de um homem, era preciso pensar muito bem antes de brincar com a vida de uma pessoa daquela forma.

O tio foi preso logo depois.

2

Se a vida de Izabel fosse comparada a um rio, neste momento estaríamos caminhando para uma cachoeira, cuja queda não sabemos a altura. Não sabemos também se há pedras lá embaixo. Não sabemos se vamos sobreviver. Só sabemos que a queda é inevitável.

Izabel esperava um feto de vinte e três semanas. Entretanto, assim que sua mãe requisitou o seu direito ao aborto, o delegado tentou dissuadi-las: que tivesse o bebê, e que se não fossem mantê-lo, que o entregassem para a adoção. Quando tentaram dificultar o seu acesso, a mãe de Izabel, surpreendentemente, apareceu com uma cópia do Código Penal, apontando para o Decreto Lei de 1940 que garantia o aborto em caso de estupro. Então o procedimento foi agendado para dois dias depois no hospital do centro da cidade.

Naquela noite, eu e Izabel nos reencontramos. Não falamos sobre nada, mas eu a levei para o alto de uma montanha para ver que depois da cachoeira, o rio seguia o seu curso, virava riacho, desaparecia, então ressurgia como nascente, virava rio e depois virava delta e depois virava mar. Fiz questão de que Izabel aprendesse que o mar nunca rejeitou nenhum rio.

No entanto, dois dias depois, a luta ainda continuaria. Mesmo acompanhadas da assistente social e da autorização para o procedimento, o médico e o hospital se negaram a realizar o aborto. Disseram que ela passara de vinte e duas semanas e acima disso eles não o fariam.

Voltaram para casa. No dia seguinte, o delegado compareceu ao sítio com um documento. A assistente social, que o acompanhava, pediu desculpas, não concordava, mas precisavam cumprir a lei. Izabel foi levada a um abrigo para ser protegida de realizar o aborto, caso tentasse novamente. Ela só foi entender essa violência anos mais tarde quando compreendeu que um juiz soubera do seu caso e havia feito a decisão de impedir a interrupção da gravidez. Na decisão constava ainda que o bebê deveria ser gerado e colocado para adoção.

Nesse ponto, diante do tamanho da própria barriga, a menina estava considerando gerar a criança, mas sua mãe foi categórica: Izabel faria o aborto.

Em pouco tempo a história tomara os noticiários do país inteiro, e logo chegou até mesmo aos jornais internacionais, gerando debates intermináveis. Os jornais mostravam apenas a manchete e seu absurdo, e como eles ainda não possuíam um rosto nem um nome, a identidade de Izabel era mantida em sigilo.

Apesar de ávidas pelas histórias que vendem mais, a imprensa ajudou a colocar pressão nas pessoas certas e, dessa forma, dar como privilégio o direito para a menina.

Assim, mais uma vez no hospital, Izabel aguardava do alto do oitavo andar, já preparada para o procedimento. Mas ouviu uma agitação, vozes gritando, vozes ao alto-falante. Até que escutou as palavras *aborto* e *Jesus*, o que a fez levantar-se e correr para a janela.

Do lado de fora, cerca de cinquenta pessoas seguravam cartazes e bíblias, gritando e orando com veemência. Pelo alto-falante, Izabel ouviu que:

> *ainda era tempo de evitar o pecado*
> *ainda era tempo de preservar a vida*
> *aquilo era assassinato*
> *um aborto era um assassinato*
> *nem Jesus nem Deus iriam gostar daquilo*

Não sabiam o seu nome, mas sabiam em que hospital estava e sabiam o que ela iria fazer. Izabel foi retirada daquele hospital às pressas, sendo levada para outro local, em outra cidade. Podiam retirá-la de onde quer que fosse, mas não podiam retirar de seus ouvidos o que havia escutado.

E finalmente, foi abortada. Ela não abortou, fora abortada assim como tinha sido engravidada. Cada vez mais, ela sentia que seu corpo era mais dos outros e menos seu.

E assim seu útero voltou a encolher, dando-lhe liberdade para voltar a ser menina. Mas já não era mais possível. Certas coisas nunca voltam a ser iguais, mesmo que colados e rearranjados, os cacos de um mosaico sempre serão cacos.

Um pouco antes de voltar para casa, o vento soprou leve, porém abrupto, mostrando que ela jamais voltaria a ser a mesma de sete anos atrás. A enfermeira veio retirar o acesso de seu braço, estavam sozinhas - é engraçado como as violências ocorrem sem testemunhas. Sentiu que a enfermeira manuseou seu braço truncadamente e a encarou. A mulher não se intimidou, aproximou-se de seu ouvido e falou quase como um suspiro:

"Espero que você saiba o que fez. O Senhor sabe que você matou um bebezinho"

A enfermeira saiu e Izabel nunca contou para ninguém o que ouviu.

3

A vida pede coragem.

Foi o mesmo que pedi à Izabel quando me curvei à sua frente para que subisse em meu dorso e se agarrasse à minha crina para que o vento corresse por suas costas levando mil pedras ao chão.

Fomos para muito longe, atravessamos terras, oceanos, pontes e ferrovias, até chegarmos a Connachta, feita de planícies repletas de infinda grama verde. O ar era intoxicante, entrava pelas narinas e dava vontade de gritar e gritar e gritar. Um grito que vinha de seu umbigo, um grito de triunfo, uma vitória por muito tempo adormecida.

Ao longe, um pontinho se balançava e se sacudia, chegando cada vez mais perto. E quando a viu se aproximar, pensou se seria aquela a mulher mais arrebatadora que encontraria em toda a sua vida. Montada em um vigoroso touro tão marrom que era quase vermelho, seus cabelos longos na cor de cobre estavam trançados em sua cabeça como a coroa de uma rainha. Trazia cruzada em suas costas a sua espada: era uma guerreira.

Circundou-nos três vezes, o andar musculoso do touro lhe dava um andar engraçado. Jamais desviou o seu olhar do da menina e seu sorriso a fazia sorrir de volta como se estivesse enfeitiçada. E quando falou, exalava inteligência e possuía a voz de comando que não se hesitaria em obedecer:

"Todos e todas, que já pariram ou não,
deveriam conhecer nas entranhas
a dor do parto,
inclusive a do parto que nunca aconteceu.

Aqui sou rainha!
Sejam súditos ou inimigos meus, todos a conhecem.
Mas na tua terra,
já bem sei, até o único Deus é macho e o Diabo é fêmea.

Sê rainha do teu domínio, Izabel.
Mostra que o sangue do teu ventre nutre a terra.
Faz com que todos saibam
a dor de um filho que não nasceu!

Serás livre, Izabel,
quando correres mais rápido
do que um cavalo.

Esta batalha é tua"

Os olhos da menina destilavam gotas gordas de lágrimas enquanto o ventre pulsava de dor. A rainha pegou em sua mão e começaram a cavalgar, uma montada na cavala e a outra no touro. Em determinado momento estavam na mesma velocidade, a guerreira a olhou com seu olhar valente e começou a se levantar até ficar em pé sobre o touro. Em seu desespero, Izabel tentou desvencilhar-se, temendo cair. Mas logo entendeu o que ela queria: que ficasse em pé também.

Foi subindo aos poucos até ficar em pé sobre o meu dorso, mantendo o corpo rígido com seu tônus, abriu seus braços imitando a rainha, que sorria orgulhosa.

"CORRE, IZABEL! CORRE!"

E eu aumentei o passo, enquanto a menina gritava e uivava, intoxicada pelos hormônios da luta. Ela cortaria a cabeça de mil soldados se atravessassem o seu caminho.

Quando passamos pela mulher ébria pela última vez, antes de retomarmos o caminho de casa, ela assentiu com a cabeça e disse baixinho:

"Não te esqueças da coragem delas.
A coragem.
É delas.
É tua"

Ela era Medb, a rainha de Connachta.

4

É preciso passar pelo fogo para sentir seu calor. Alguns irão dizer que o tempo da proximidade e da demora irão determinar a natureza daquilo que queima ou apenas aquece.

Por isso, a mãe de Izabel não deixou que ela se demorasse no fogo, não a deixou faltar à escola e a fez seguir a vida como se nada tivesse acontecido. Tratou de mantê-la em movimento como um passarinho que aprendeu a voar e não pode parar de bater as asas. Era sua forma de dizer à filha que precisava continuar fazendo caminho como a vereda que leva ao rio.

É claro que passou a trazer-lhe uma broa de milho, uma paçoca ou um bombom todos os dias, quando voltava do centro da cidade, era sua forma de mostrar que se importava. Um dia chegou a trazer-lhe uma boneca de pano. Era uma boneca engraçada. De um lado era Chapeuzinho Vermelho, mas se ela fosse virada de ponta cabeça e tivesse a saia do vestido abaixada, em vez das pernas, havia outro tronco com outra cabeça: a cabeça de um lobo.

Embora já não brincasse mais com bonecas, Izabel ficara extremamente intrigada por ela, virando e desvirando a boneca todos os dias. Às vezes escolhia Chapeuzinho, às vezes escolhia o lobo. Tudo dependia de como se sentia por dentro. Às vezes se sentia perdida, às vezes se sentia culpada.

Pensou consigo que nunca vira um lobo que não fosse o guará. O lobo que devorava a Chapeuzinho decerto existia somente nas pradarias do hemisfério norte. Imaginava os pelos ásperos, o corpo grande que devia arreganhar-se facilmente, os olhos de petróleo e os dentes dilacerantes. De qualquer forma, para sobreviver, era talvez preciso estar do mesmo lado dos lobos.

Na escola, todos obviamente sabiam que ela era a menina que engravidara, ainda mais porque a filha do delegado estudava ali também. O aborto parecia uma mácula tão grande que não ousavam pronunciá-lo com medo de abortarem imediatamente, e assim, o assunto pareceu ir desaparecendo ao longo dos anos.

Mas se Izabel já não tinha amigos, não eram seus pecados que agora lhe trariam novas amizades. A biblioteca continuou a ser seu refúgio particular, fazendo dos livros seus companheiros, seus velhos amigos. Carregava um livro na bolsa a tiracolo ou debaixo do braço, como uma extensão de si. Descascava alho e cebola lendo, mexia a panela lendo, jogava milho para as galinhas lendo.

Não demorou para que a moça que cuidava da biblioteca a notasse e se intrigasse com a menina que gostava de livros. Um dia, estendeu-lhe um exemplar:

"Acho que você vai gostar deste. Quer levar?"

Izabel olhou a capa azul-escuro, abriu a primeira página e leu o título com a voz baixinha: "Perto do Coração Selvagem?"

Assentiu com a cabeça timidamente e levou o livro para casa.

Mais tarde, enquanto consumia a história daquela personagem-menina cujas galinhas não sabiam que iam morrer, não podia deixar de ver a Joana que jazia dentro de si: uma menina má.

A moça da biblioteca, que também amava livros, passou a separar títulos e ajudou a montar o imaginário de Izabel. Os livros lhe permitiam ter algo sobre o que se falar com as pessoas. E isso já lhe era o suficiente.

Em casa, enquanto descascava bacias de alho e cebola com a avó, contava a ela as histórias que lia. Às vezes mudava detalhes por vergonha, e por vezes evitava contar certas histórias, pois pareciam relatar palavras da sua própria cabeça e isso era assustador. A avó, por sua vez, contava histórias de sua terra, contos passados de ancestral a ancestral, e as histórias dos invisíveis.

Sua avó não lia nem escrevia, mas guardava na memória histórias recontadas em forma de canção. Izabel não cantava, mas sabia de cor os versos que encantavam os caldos e as águas do banho de sua avó. Somente anos mais tarde, a menina entendeu que as canções eram rezas e a avó velava seu corpo vivo todos os dias.

Quando Izabel completou dezoito anos, eu apareci novamente. Nesse ponto, ela já sabia que as minhas aparições eram acompanhadas de certo agouro e que correr pela noite livre entre os dois mundos era apenas um refúgio entre a dor e o consolo. Desta vez, eu surgi para carregar em minhas costas sua avó para fazer uma última travessia. Ela partia para o mundo dos encantados, as almas benditas.

Nascida na primavera, decidiu partir no outono, pois a estação no outro mundo, assim como no outro polo, era invertida. Gritou por uma última vez o nome do filho mais novo, como se este pudesse ouvi-la de onde estava, e assim partiu. Izabel acudiu a avó, mas não houve muito o que fazer a não ser deitá-la na cama e verter lágrimas sobre o corpo velho e dobrado. Era sua vez de ser velada e curada.

Com a morte da avó, o sítio precisou ser vendido para ser repartido entre os sete filhos. Assim que puderam, Izabel e a mãe partiram da cidade em direção à casa de uma prima que morava em outro estado no sudeste.

Quando os anos não terminam

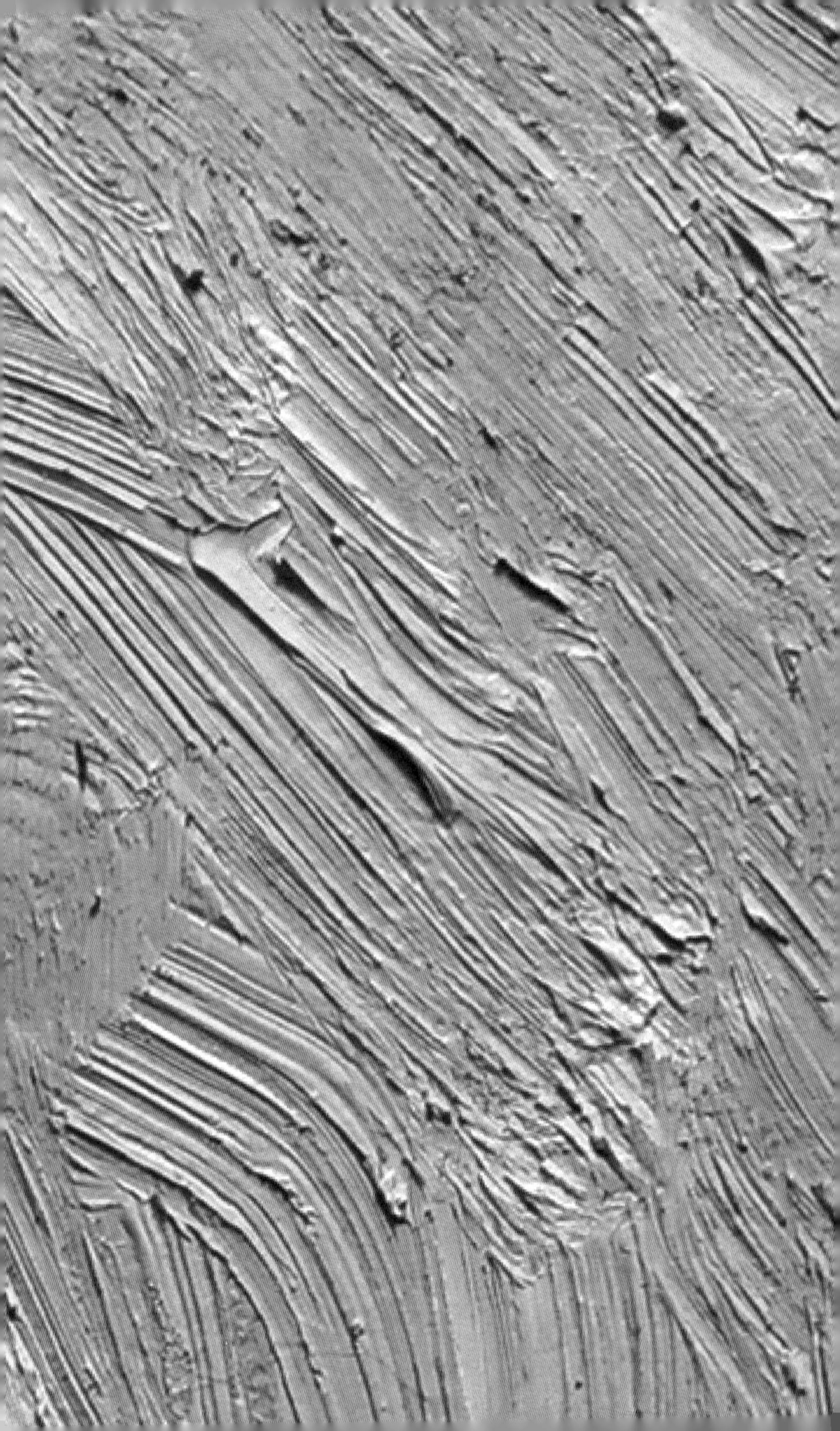

1

É preciso passar pelo fogo. E talvez seja nele que todos nós acabaremos. Enquanto a cavala levava minha avó nas costas para sua última travessia, aqui neste mundo nós a cremamos e jogamos suas cinzas numa vasta lobeira, assim como ela nos pedira um dia.

Seu velório aconteceu no sítio com dezenas de pessoas passando para acender uma vela, até que o barracão ficou com o chão repleto delas. Minha mãe fumava e chorava na mesma quantidade. O tempo de cura dos dias do mato havia chegado ao fim.

Logo depois, minha mãe e eu partimos para o Rio de Janeiro, na pequena caminhonete, deixando meu pai e a serra da Vargem Bonita para trás. Eu sequer lembrava quando fora a última vez que vi o rosto daquele que diziam ser meu pai (minha mãe não deixava que eu o visitasse no presídio). À sua maneira, ela queria me proteger do ambiente hostil e de ter que passar pelas revistas.

Largar a terra e a água doce para encontrar a areia, os prédios e o mar me colocava em um novo território do qual eu não possuía o domínio. *Você precisa conhecer o mundo*, minha mãe dizia. Era sua forma de tornar a nossa mudança menos dolorida.

Fomos morar junto a uma prima de minha mãe que eu não conhecia. Assim surgia uma personagem de uma família que eu já julgava morta. Seu rosto parecia o meu, era perceptível que tínhamos o mesmo sangue.

Ela arrumou trabalho para minha mãe como faxineira e eu fui trabalhar em uma cafeteria. Os tempos eram de escassez, nossos salários mal davam para o aluguel do apartamento que dividíamos em três. Eu pouco sabia da cidade grande e sentia angústia toda vez que saía de casa. Essa agora tinha se tornado a minha nova vida, e era preciso vivê-la.

A verdade é que eu não sabia existir entre os adultos – eu não sabia falar sobre garotos, jogo do bicho ou perfumes. Eu não sabia falar sobre maquiagem, futebol ou astrologia. Eu só sabia falar sobre histórias de livros e pequenos animais selvagens.

Logo descobri uma biblioteca a poucos minutos da cafeteria: um verdadeiro labirinto de livros de todos os tamanhos e capas. Eu andava com o meu livro no bolso do avental e aproveitava todos os minutos sem clientes para ler. A vida era boa novamente.

Com o tempo, uma figura frequente sentava-se quase todos os dias na mesma mesa e pedia o mesmo café. Às vezes estava acompanhado de outras pessoas, mas geralmente estava só. Um sujeito de corpo e rosto quadrados, o cabelo ajeitado fazia uma onda perfeita no topo de sua cabeça, as sobrancelhas grossas se uniam sobre os olhos que eram grandes demais para aquela face. Parecia sério e formal em demasia, mas sua voz era doce, o que o tornava, como diria minha avó, agridoce.

O que, na verdade, chamara a minha atenção não era o sujeito, mas os livros que ele carregava. Estava sempre cheio deles. Eu era muito tímida, mas por vezes, era tomada por um impulso de coragem absurda, e foi assim que tivemos nosso primeiro diálogo: "*Julio Cortázar?*", perguntei indicando o livro na mesa, pronunciando o nome errado, e ele, muito educado, sem me corrigir, perguntou se eu gostava daquele autor. Quando disse que não o conhecia, ele me disse que era um escritor argentino de contos fantásticos, que estava recebendo reconhecimento na Europa.

Descobri ao longo dos dias que ele era professor de literatura na universidade logo em frente à cafeteria, que eu mal sabia que existia. Muitas vezes, em meu horário de descanso, eu me sentava do lado de fora, ele aparecia para fumar seu cigarro e me recontava sobre a aula do dia. Até que passou a me indicar livros e depois a me emprestá-los. Eu os lia e depois falávamos sobre eles.

Os livros me davam o poder de conseguir conversar com pessoas.

Passei a aprender sobre símbolos e mundos escondidos dentro de outros mundos, onde as possibilidades da realidade e da mágica e da política encaravam abismos dentro de abismos.

Corvos falantes, gatos pretos, paredes de tijolos, amarelinhas, casas tomadas, espelhos realistas e realidades espelhadas, homens virando baratas, borboletas virando homens, parafusos girando, cornetas tocando, raposas com máscaras de meninas, o êxtase e o seu fim súbito, galinhas que não sabiam que iriam morrer, um sertão de labirintos, burrinhos e velhoucos passaram a orbitar meu coração.

Certo dia tive um daqueles impulsos de coragem que duram dez segundos e perguntei-lhe se poderia assistir a uma aula sua. Ele ficou surpreso, mas pareceu-lhe apetecer a ideia. E assim, passei a assistir suas aulas às quintas-feiras à noite logo após terminar o meu trabalho na cafeteria. Se antes, entre galinhas, batatas-doces e chão batido, eu conhecia mais de limites do que de possibilidades, agora um novo mundo se abria para mim.

Assim, a universidade, esse lugar que não parecia ser feito para gente como eu, tornou-se minimamente palpável através de um folheto que o professor me entregou.

"Procure por ele, diga que eu te mandei. Tem uma vaga para você lá", disse ele, apontando para o verso do folheto onde havia um nome escrito à mão.

Era um curso popular, que passei a frequentar três vezes por semana para me preparar para o vestibular. Em tudo o que restava de tempo, eu estudava, espalhava os livros e os cadernos sobre a mesa da cozinha... e, por vezes, ficava até tarde da noite. Recebia livros doados, comprava outros em sebos pela cidade. Até que, um ano e meio depois, fui comprar o jornal com os nomes dos aprovados: sozinha, na parte de trás da cafeteria, abri o jornal e fui passando o dedo pelas linhas em ordem alfabética à procura do meu nome.

Lá estava ele. Um nome que era meu.

Mil fogos estouraram no meu peito e pela primeira vez, eu não tinha medo, tinha apenas felicidade. Uma felicidade que parecia clandestina de tanto que eu não merecia.

Naquela tarde, o professor apareceu com o jornal dobrado debaixo do braço e afagou a minha cabeça, bagunçando meus cabelos: "Bom trabalho, Izabel"

Quando retornei para casa, minha mãe e a prima me esperavam debruçadas na janela, haviam comprado um bolo confeitado. Saudaram-me com festa, minha mãe segurava o jornal na mão com os olhos vermelhos cheios d'água. Eu era a primeira da família a pisar em uma universidade. Ver seus olhos me encararem sem dor era também um júbilo quase ilegítimo. Tempos depois, após sua morte, descobri o jornal guardado entre suas coisas com meu nome sublinhado com caneta rosa. Naquele dia, eu chorei.

2

1968 se inicia eufórico e termina como uma árvore ressecada.

Se a revolução cultural da década nos dava esperanças do fim da repressão instaurada pelo Golpe de 1964, aos poucos fomos entendendo o verdadeiro peso dos anos de chumbo. No Brasil, uma bala atravessou o peito de um estudante, tornando física e palpável a mão que apertava o gatilho da ditadura. Edson Luís era o seu nome.

Cala boca moço!

Enquanto isso, no mundo, Martin Luther King era assassinado com uma bala no pescoço; a Primavera de Praga chegava ao fim na Tchecoslováquia com a invasão das tropas soviéticas; em My Lai, tropas do Exército dos Estados Unidos massacrava crianças, idosos, homens e mulheres. No começo de 1968, todos tinham sonhos.

Aquele era um novo mundo para mim: pensar que eu poderia fazer algo, que eu também poderia falar das flores.

Naquele final de junho, instigados pela morte do estudante e de uma sexta-feira sangrenta, quase toda a

Universidade Fluminense se juntou aos mais de cem mil que caminharam contra o vento pela Avenida Rio Branco. Professores, estudantes, artistas, clérigos, jornalistas, trabalhadores: era o povo contra a ditadura.

Eu era tímida e possuía determinadas reservas, porém caminhar com eles, gritar como eles e ser como eles fazia de mim um ser pertencente. Assim como os livros, a revolta dava-me o poder de falar com as pessoas.

Era como se eu tivesse nascido para lutar contra a opressão, pois para mim, não era difícil doer-me o estômago em sublevação. Não era claro para a jovem que eu era em meio àquele furacão, mas hoje entendo como o controle político daquele tempo refletia o controle sobre o meu corpo.

Aquelas cem mil pessoas e outras milhares em todo o país tinham um motivo para estarem ali. Diferentes motivos, mas o tinham. Uma faísca era capaz de tantos fogos.

No final daquele dia, nós, os cem mil, marchamos para casa felizes, pois, se havíamos conseguido nos organizar, haveríamos de fazer acontecer outra vez.

Mal sabíamos que, em dezembro daquele triste 1968, o Ato Institucional nº 5 seria decretado para nos prender para sempre àquele ano.

No Diário Oficial da União, dentre as nefastas linhas, o parágrafo que mais assustava passava e repassava dentro de nossas cabeças:

> "No interesse de preservar a Revolução, o Presidente da República, ouvido o Conselho de Segurança Nacional, e sem as limitações previstas na Constituição, poderá suspender os direitos políticos de quaisquer cidadãos pelo prazo de 10 anos e cassar mandatos eletivos federais, estaduais e municipais"

A partir deste decreto, muitas pessoas importantes para a luta passaram a viver na clandestinidade. Muitas também foram presas, e depois torturadas, mortas e tidas como desaparecidas. Era apenas o começo.

Apesar de tudo, o amanhã haveria de ser outro dia. Era preciso resistir.

O meu medo era que a nossa história não fosse mais nossa.

A minha participação naquela passeata não fora nada bonita para minha mãe. Quando cheguei em casa extasiada e cheia de esperança, e ela se deu conta que eu havia ido sem avisar, então tive que lidar com a sua ira. Naquele tempo, eu não entendia, achava que ela não compreendia a luta e queria manifestar certo controle sobre o meu corpo também. Anos à frente, entendi seu medo de que me violassem ainda mais. Era proteção. Ser mãe era se tornar duplamente vulnerável, pois uma vez que se bota um filho ou uma filha no mundo, nada há de ocupar o primeiro lugar na luta dessa mulher. Porém, entendi também que ela estava certa: eu experimentaria a aspereza da ditadura à minha própria maneira.

Ou seja, à maneira das mulheres.

3

Embora não estivesse sempre comigo, a presença da cavala se fazia constante através de pequenas manifestações neste mundo. Eu a via nas abelhas que vinham atrás do mel do pão doce, nas joaninhas perdidas entre os prédios de concreto, até mesmo nos morcegos, tucanos, jiboias e muriquis que eu não via, mas estavam lá. Enquanto minha vida silenciosa se desenrolava sem grandes surpresas, eu gostava de imaginar que um trabalho secreto acontecia na mata, e aos poucos íamos nos apercebendo e eu seria tomada, em determinado tempo, por um lampejo, a tenra descoberta de algo mais.

Esse algo mais parecia ser parte do que a cavala ao poucos revelava. Com ela, eu sentia o poder das criaturas que não se encaixam neste mundo. Eu, de alguma forma, sentia-me de uma espécie quase que não-humana, como o astronauta que improvisa a descida a um novo planeta.

É que eu tinha medo do grotesco de dentro transparecer na pele de fora.

As passagens da cavala às vezes voltavam à minha mente como sonhos rememorados pela metade. Comecei a escrevê-las no papel para que não tornassem a se fundir na memória, porém ficavam como partituras sem final. Passei então a inventar novos desfechos para aquelas criaturas a quem a cavala me apresentava, e quando me dei conta, estava reescrevendo as histórias duas ou três vezes e depois, criando as minhas próprias personagens.

A caneta no papel me dava um novo poder.

Foi em um daqueles ímpetos de coragem que duram dez segundos ou menos, que decidi mostrar alguns desses escritos ao professor. Arrependi-me imediatamente após dar-lhe os papéis, mas já era tarde. Talvez essa fosse a coragem que a vó dizia que eu tinha: uma coragem frouxa, mas ainda assim, uma coragem.

Para minha alegria, eu não receberia nada além de acolhimento e cuidado. Talvez ele soubesse o nível de vulnerabilidade ao qual eu me colocava, pois mesmo por trás de ficções, o dedo de quem escreve sempre teima em demorar-se mais sobre o objeto que desejaria esquecer. É por isso que aquilo que eu queria esconder mais se revelava quanto mais eu escrevia.

"Estes contos que você escreveu são realmente muito bons", disse ele, dias depois.

Devolveu-me as folhas com algumas anotações feitas a lápis, como se fossem trabalhos acadêmicos que ele corrigira. Senti ternura.

Enquanto ele falava, eu não conseguia prestar atenção além do fato de ele ter chamado as minhas pequenas histórias de contos. Este momento seria uma das minhas memórias favoritas.

"Mas você não pode continuar a escrever com caneta *bic*", disse rindo, e deu-me uma maleta quadrada, que continha uma máquina de escrever. "É antiga e pesada, e está um pouco velha, mas acho que você vai conseguir usar"

Guardei aquela máquina até o final dos meus dias.

E foi assim que passei a escrever tanto quanto lia. Passei a trazer-lhe os contos com frequência, ele lia e dava suas sugestões, eu reescrevia, e ele os lia novamente. Depois de dois anos desse constante ritual literário, ele me pediu cópias de alguns contos, disse que iria dar para uma amiga ler. Retornou semanas depois com um pedaço de papel e o endereço de um apartamento no Leme:

Edifício Macedo

Rua Gustavo Sampaio, 88. Apartamento 701

"Minha amiga gostou dos teus contos e gostaria de conhecê-la", disse ele. "Esteja lá no sábado às 15h. Ela te espera"

Nessa época, eu já não trabalhava mais na cafeteria, o professor havia me arranjado um trabalho como assistente em um escritório de advocacia, por isso, agora meus sábados eram livres. Algumas pessoas mudam nossas vidas para todo o sempre, algumas as entortam violentamente, enquanto outras passam a existência as desentortando para nós. Ele era uma dessas criaturas, que não era mágica nem sobrenatural, mas havia transmutado o meu destino que era fadado, tanto quanto meu corpo e o meu coração.

No sábado, no horário marcado, peguei dois ônibus e caminhei até o prédio. Deixaram-me entrar após o meu anúncio, tomei o elevador até o sétimo andar e bati na porta do 701. Uma mulher de cabelos curtos e avermelhados abriu a porta e me olhou tímida, convidando-me para entrar.

Entrei mais tímida do que ela, olhando para os meus pés deslizando pelo chão de tacos. Seguimos para a sala, onde sou saudada por vários quadros pintados com seu rosto. Todos me olham com diferentes níveis de ternura. Sentamo-nos no sofá cinza-escuro e ela disse que o café estava coando. Percebi que a casa estava vazia. Ela acendeu um cigarro e me ofereceu, pensei em aceitar porque queria fazer algo com as mãos, mas ela certamente perceberia que eu não sabia fumar. Olhei ao redor, era uma casa curiosa, no chão vejo um tapete vermelho brilhante, do teto pendia um lindo vitral, perto da luminosa janela estavam plantas verdes e volumosas, na mesa de centro um galo e uma galinha fazem parte da decoração. Em um silêncio confortável, ela se levantou e me chamou para irmos à cozinha, onde nos sentamos à mesa de madeira e ela colocou um café muito preto em xícaras de vidro marrom.

Enquanto ela servia o café, pude vê-la de fato. Uma mulher muito bonita: usava um vestido com estampas geométricas; nos braços, pulseiras de prata e nos dedos, anéis; os olhos eram marcados por um delineado preto e na boca um batom vermelho. Ela parecia usar mais a mão esquerda, pois a direita tinha marcas e cicatrizes e pouca mobilidade.

"Você acredita em inspiração, Izabel?"

Assustei-me com a pergunta súbita, olhei diretamente dentro de seus olhos verdes marcados. Havia algo nela que me fazia ter seis anos novamente.

"Eu acho que sim. Acho que, na verdade, algumas coisas ficam guardadas no fundo da gente. Como um balão preso no fundo do mar. Daí alguma coisa o faz se soltar e ele emerge, revela-se na superfície", como sempre, eu falava demais quando não sabia o que dizer. Tomei um gole grande de café quente.

"Também acho", pausou, "parece-me algo inevitável. Como um sopro"

Pensei que poderia estar diante de um ser de espécie não-humana, possivelmente do mesmo planeta que o meu. E, por isso, senti-me confortável em estar ali. Perguntei-me se ela acharia o mesmo sobre mim.

Então ela me disse que havia lido meus escritos a pedido do professor. Conversamos sobre eles, entre pausas e cigarros, café e biscoitos. Mas mesmo que eu pedisse, ela não tinha sugestões ou orientações sobre eles, apenas falava sobre como se sentia com a leitura e contava alguma memória de sua vida que o trecho havia lhe trazido. A conversa foi feita de mais adjetivos do que verbos. Sua voz, o R gutural pronunciado na garganta, a amálgama de sensações e sentimentos, a fragilidade corajosa e uma amorosidade selvagem formariam uma das lembranças mais doces da minha vida.

Estávamos sentadas na sala quando ela pediu licença e foi até o quarto, onde demorou alguns minutos. Quando retornou, trazia nas mãos uma pedra redonda e grande, lembrava um melão marrom-avermelhado. Não havia como segurá-la a não ser com ambas as mãos. E assim, como se passa um bebê ou algo muito precioso, ela a passou de suas mãos para as minhas. Quando a peguei, senti que estava partida ao meio e era possível abri-la.

"É uma pedra de 360 milhões de anos. Antes do homem existir na Terra. Não é incrível?"

Concordei com a cabeça, abrindo a pedra, cada metade ficando em uma mão, o meio tinha um pedaço circular oco que lembrava uma gema, o resto era vermelho cheio de cristais e pontinhos dourados brilhantes.

Desabou sobre nós um silêncio denso. A pedra agora me olhava como dois grandes olhos. A pedra era testemunha de um tempo antes de nós. A escritora me olhava olhar a pedra, como quem tenta captar o que está nas entrelinhas.

"Do que é que o mundo sabe? Tantas coisas acontecem e nós sequer estamos vendo", disse ela, enquanto recolhia a pedra para guardá-la.

Enquanto caminhávamos para a porta, ela me perguntou se no próximo sábado eu poderia encontrá-la no Jardim Botânico para que eu a acompanhasse a um compromisso. Eu disse que sim.

Dei por mim que ainda não sabia seu nome, o professor tampouco me falara, e indaguei:

"Desculpe. Qual é o seu nome? Não perguntei..."

Quando ela me disse seu primeiro nome, foi uma surpresa quente dentro do coração, que, ao mesmo tempo, fizera com que eu me sentisse a pessoa mais tola do mundo por não a reconhecer. Meu pensamento retornou para Vargem Bonita, quando a moça da biblioteca me dera aquele livro de capa azul-escuro chamado *Perto do Coração Selvagem*.

Sem saber o que dizer, as palavras saíram sem filtro, sem pensamento, cheio de repentino nervosismo: "eu também gosto de galinhas. Mas elas sabem demais"

“As galinhas são presas fáceis... porque observam o mundo e se distraem”

Ela então abraçou-me e disse:

"Traga mais textos no próximo sábado. E pare de dar seus contos para o professor analisar ou ele vai estragar sua escrita"

Eu concordei, mesmo sem entender o que ela queria dizer. Na rua, caminhando para casa, eu andava rápido e meu coração palpitava como um trem. Parecia que eu corria em pé em cima de um cavalo novamente.

*

No sábado seguinte, encontrei-a sentada em um banco no Jardim Botânico. Olhava algo entre as árvores enquanto o cigarro se fumava sozinho na mão esquerda. Pediu que eu me sentasse e ficamos um tempo em silêncio olhando para o algo entre as coisas.

"Sabe que hoje encontrei uma aranha muito pequena andando pelo chão da minha casa", pausou, "achei engraçado. Tanto que pensei que fosse uma formiga. Até o momento que saí de casa, ela já tinha andado até a metade de sala. Por que quem pode andar pelo teto e pelas paredes, andaria no chão?"

Antes que eu fabulasse algo para responder, ela se levantou, olhou o relógio e disse que precisávamos ir.

"Para onde vamos?", perguntei.

"Vamos ver a minha cartomante"

Andamos por cerca de quinze minutos até uma casa de fundos com único acesso através de um portão de ferro bastante estreito. Ela parecia conhecer bem o lugar, pois abriu o portão e entrou sabendo aonde ir. Chegamos a uma porta azul. Uma mulher de cabelos dourados, apenas alguns anos mais velha do que eu, veio nos atender. E diferente da ideia que eu tinha de cartomantes, o local não era escuro e nem cheirava a incenso, e a mulher não usava brincos enormes e lenço na cabeça. Era uma sala limpa e colorida, repleta de plantas muito verdes e muito vivas. Esperei na sala enquanto a escritora era atendida pela mulher. Quando saiu, parecia satisfeita, e me disse: "Sua vez"

Antes que eu conseguisse negar, acabei por entrar no quarto onde a cartomante me esperava sentada a uma mesa de vidro. Havia mais plantas. Ela sorriu, embaralhando as cartas nas mãos. Espalhou o tarô com grande destreza em semicírculo e pediu que eu escolhesse doze cartas, que ela foi colocando em lugares específicos na mesa, onde se encontrava gravado, em baixo-relevo, o desenho do que parecia ser um enorme círculo astrológico.

Ela começou:

"Duas passagens por Saturno marcam o seu passado, dois momentos dolorosos: um aos sete e outro aos quatorze anos. Saturno é o grande senhor do destino de todos nós, é preciso aprender a lidar com este mestre.

Mas eles querem que você saiba que nunca foi sua culpa. Nem ontem e nem amanhã.

Ainda há mais uma passagem de Saturno, em breve. Mas você irá triunfar. Quando tudo passar, e vai passar, todos os planetas se alinharão e sua vida irá seguir"

Fez uma longa pausa.

"Eu não costumo falar sobre Saturnos futuros. Mas tem uma pessoa aqui que precisa que saiba que você não precisa carregar todo o peso sozinha. E que o Dia do Mato continua acontecendo, só que do outro lado do rio"

Meus olhos se encheram d'água e eu sorri involuntariamente com a lembrança. Inexplicável, pensei.

A cartomante ainda falou por mais vinte minutos, inclusive coisas bonitas. Eu não sabia se acreditava, mas sabia que os invisíveis estavam ali falando ao seu ouvido, pois eu também os escutava ao longe, como um burburinho. Se havia um Deus, ele não existia, mas seria bom encontrá-lo. Deixei muitas perguntas para trás, eu não era do tipo que queria saber do futuro. Eu já sabia demais do passado e já estava acostumada a ter pouco controle.

Saímos silenciosas e quando fomos atravessar a rua, a escritora falou:

"Ela me disse tantas coisas bonitas. Não seria engraçado se saindo daqui eu morresse atropelada?"

Rimos da ironia, e pensei comigo mesma que, se eu era regida por Saturno, ela seria certamente regida por uma estrela solitária.

Quando lhe contei sobre o que a cartomante me dissera sobre minha avó, ela disse:

"Quantas margens tem um rio, Izabel? Às vezes nos esquecemos da terceira margem"

4

Ouvi passar o vento e quando dei por mim, o vento que tocava seu rosto soava diferente. E foi assim que eu, que decidira jamais amar, desejava agora ser brutalmente amada.

O interesse pelos livros se transformou lenta e inevitavelmente no amor pelo ser. Assim como se ama o escritor após a leitura da última página de seu livro. E como não há mais livro, resta somente amar quem o escreveu. Um se torna a extensão do outro.

Como quando se lê aquilo que nos vira do avesso e parece que se comeu o livro com as mãos, devorando cada folha e engolindo cada pedaço, fazendo dele inteiramente de nossa propriedade, para digerir no estômago e absorvê-lo nos intestinos. Esse era o meu desejo: queria devorá-lo com as mãos, assim como faria com um livro.

O ar que saia dele era intoxicante. Tanto quanto o ar que experimentei com Medb de Connachta. Eu tinha vontade de gritar e, de fato, sentia que entrava em uma batalha. Cada vez mais me convencia de que amar era entrar em guerra vestindo uma armadura de porcelana.

Depois de decorar os trejeito de sua boca e como se moviam suas vastas sobrancelhas, afasto os pensamentos com as mãos, obstinadamente, como se fossem físicos.

Te olho com os olhos, te olho com os nervos do meu corpo, te olho com as juntas dos meus joelhos.

Na última vez que senti algo por um homem, o que senti foram baratas fazendo ninho na parede do meu estômago.

Depois de você, passei a achar que eu devorara mariposas.

Fora ele que me revelara a verdadeira natureza das duas estrelas mais brilhantes do céu: Júpiter e Saturno. Ainda na frente da cafeteria, contei-lhe sobre minha avó e sobre como sempre fazia pedidos às estrelas no céu. Apontei para um brilho amarelado no horizonte noturno, afirmando ser a minha favorita, e ele riu.

"Você sabia que não é uma estrela, não é? É um planeta. É Saturno"

Eu ri, incrédula.

"Vem comigo", disse ele e eu apenas o segui.

Atravessamos a rua até os prédios da universidade e subimos ao topo de um deles.

"Podemos subir aqui?", eu perguntei, sempre tão aderente às regras. Ele apenas riu.

Tudo dali de cima era mais bonito: era o céu noturno que poderia tornar mágico o que viam os olhos ou eram os olhos que viam aquilo que as manhãs não poderiam mostrar?

"Está vendo a lua? Logo acima dela está Saturno e ao lado direito, Júpiter, mais brilhante. São brilhos quase estáticos. Já as estrelas pulsam, piscam"

"Então este tempo todo estive fazendo pedidos a Saturno? Não é à toa que tudo deu errado"

Rimos, gargalhamos. Tudo dali de cima era mais bonito, inclusive as linhas de seu rosto, as veias de seu pescoço e o movimento de seus dedos.

A descoberta das coisas é uma liberdade e uma prisão. Descobrir que o meu olho nu podia ver planetas e satélites era tão forte quanto descobrir que eu amava alguém que não era para mim.

Se eu era de Saturno, ele certamente era de Júpiter. Começamos a colidir.

Por isso o tempo se contraía dentro de mim enquanto eu largava estacas por onde passava, indicando os lugares onde eu cavava buracos com as mãos e enterrava memórias com os pés. O tempo me ajudaria a esquecer, eles disseram.

Por vezes, como Saturno, eu era dissonante até de mim mesma, a névoa ao meu redor se tornava ostensiva a ponto de promover o esquecimento de qualquer limitação.

Mas ele era um constante estado de graça, desafiava-nos a expandir, tanto que eu precisava contê-lo. Havia em sua mente um batalhão de pensamentos transmutados em ideias. O rosto taciturno, ainda que exalasse ar colérico, escondia a gentileza. Ele era uma bonita contradição.

Desde o primeiro momento, nossos diálogos me causavam tal inquietação fria que ia se aquecendo ao longo dia e ao anoitecer fervilhava a minha cabeça, como pássaros selvagens cujo voo eu acompanhava até pousarem sobre minha cabeça.

Eu, estupidificada, porque quando amamos nos tornamos tolos. E um pouco mais loucos. E um pouco menos corajosos.

Tenho certeza de que você, mesmo que passar, vai permanecer.

Mas isso aqui é como um ovo quebrado no chão, não se pode retroceder e colocar a clara e a gema de volta e colar as cascas. Está quebrado. Não é possível desamar.

Se quanto mais eu vivo mais perto da morte estou. Quanto mais eu amo, mais perto do quê estamos?

Saturno me diz que seu amor é feito de gás e areia e eu preciso abrir mais um buraco no chão.

Por isso que esta foi a única vez em que a aparição da cavala não precedeu um desastre.

Ou talvez ela percebesse o amor como uma tragédia em si, e assim veio em meu socorro.

Ou apenas desejou me mostrar algo bonito.

A cavala apareceu dentro de meu quarto, acordando-me com seu grande focinho, empurrando as cobertas, dando mordiscadas pelos meus braços. Uma luz azul preenchia o recinto, olhei para o lado e minha mãe dormia virada para a parede. Passei minha mão pelo focinho até o alto da cabeça da cavala e abracei seu pescoço, encostando o rosto em seus pelos para sentir o cheiro que ela emanava.

Montei a cavala e quando me dei conta estávamos cavalgando pelas ruas, percorremos toda a Avenida Ernani do Amaral Peixoto até a Praça Arariboia, onde paramos encarando o mar. Fiz menção de descer, mas ela sacudiu o dorso, impedindo-me. A cavala recuou, pegou impulso, e correu saltando para dentro da água. A queda foi dolorida e tenebrosa até eu entender que não sufocava, mas respirava dentro d'água.

Dez metros, cinquenta metros, cem metros. Fomos descendo sob a luz azulada da cavala até pararmos onde ela determinou. Ficamos frente a frente, ela ainda mais bela e selvagem no movimento que o oceano praticava em sua crina.

Eu sorri. Fui tomada por uma alegria intensa e comecei a gargalhar e a nadar em volta dela. Nadar é como voar para quem não tem asas.

Um som distante começou a vibrar dos meus ouvidos ao meu peito. Os barulhos foram aumentando até eu notar que não era um alarido comum, mas eram sons coordenados, orquestrados. Lembravam o lamento de vacas e bois mugindo no fundo do mar. Pareciam vir de muito longe, de outros momentos de vida, de outros estados de consciência, de outras linhas do tempo, como impulsos elétricos direto para dentro do meu cérebro.

Um borrão turvo vinha tomando forma ao longe, a cauda ligeiramente menor do que o restante do corpo, as nadadeiras compridas e claras ajudaram a identificar onde estavam suas laterais, vi, por fim, a barriga repleta de manchas brancas. Eu estava diante de um novo tipo de divindade.

Era uma baleia jubarte vindo em minha direção, como uma nave viva, tentando conter dentro de si todos os organismos que um dia passaram pela Terra. Ela passou ao meu lado lentamente, como se quisesse que eu visse toda a extensão de seu corpo, que era pelo menos dez vezes maior que o meu tamanho. Vi sua boca quadrada, suas barbatanas e os sulcos tão característicos dessa baleia. Seu olho esquerdo passou por mim e fitou-me curioso, com o amor maior das grandes criaturas.

Eu não poderia deixar de pensar em como um animal com pulmões podia viver no fundo do mar.

Nadamos como se fôssemos levadas por uma dança circular, ritmada em espirais. Aqueles movimentos tornaram meu corpo consciente de seus mais de seiscentos músculos, meu coração pensava e minha mente sentia, eu me entregava isenta e liberta, não era mais necessário ter medo ou ter coragem.

Cada movimento era uma descoberta. Uma sensação que não tinha pensamento. Completamente desprovido de racionalidade, eu me animalizava, experimentando aquilo que apenas continua e nunca passou pelo amadorismo dos inícios e nem pela tristeza dos términos.

Permaneceria.

Eu fora fantasticada, angustiada, eletrizada por essa existência de vida além de mim. Eu queria ver o amor pelos olhos da baleia, que guardava em si toda a memória da humanidade e conseguia amá-la mesmo assim.

Se era para machucar, que fosse pelo amor. O escritor estava certo, tudo cabia dentro da boca da baleia. Se para mim o amor era devorar, eu fora parar dentro dela. Que diferença haveria entre o encontro do astronauta com o universo e o da baleia com o mar?

Assim, por vinte e oito dias, a cavala me levou ao fundo do mar, onde eu me encontrava com a baleia e trocávamos histórias, acompanhando a subida e a descida das marés, preparando-nos para o grande salto fora da zona turva da água. Saltamos como crianças que têm o tempo de uma vida inteira.

E me agarrei ao seu enorme coração.

5

Andava distraída pelo meio-fio quando alguém gritou para que eu saísse da rua. Ouvi o trotar violento e sincronizado de cavalos seguido de um relincho. Virei-me assustada para encontrar a cavalaria da Polícia Militar passando pela rua. O andar que movia toda a musculatura parecia a engrenagem perfeita de uma máquina. Notei que possuíam ferraduras nas patas tão despreparadas para andar no chão da cidade, algo que cavalos selvagens jamais usariam. Os pelos brilhosos e escorregadios me trouxeram a lembrança da cavala.

Embora eu sentisse sua falta, não era o meu desejo vê-la tão prontamente, pois sua presença era sempre o prenúncio de alguma tragédia.

Em segredo, Saturno começava agora a contar o tempo para o seu retorno.

Minha relação com a escritora se estreitara num vínculo quase maternal, talvez ela tivesse visto em mim uma menina muito perdida e pouco encontrada no mundo, talvez tenha visto um pouco de si mesma.

Pouco depois de minha formatura na universidade, apresentou-me à redação onde trabalhava e convenceu-os a me contratar como tradutora e revisora. Ela parecia ter o mesmo impulso do professor de tentar resolver o destino dos outros, esticando as tramas enrugadas.

Almoçávamos, tomávamos cafés, íamos a livrarias. Voltamos várias vezes à cartomante. E aos poucos, ela foi também me apresentando a seus amigos.

Chamou-me, certa vez, para acompanhá-la a um jantar na casa de uma amiga na Barra da Tijuca, pontualmente às 18h30. Ela estava deslumbrante, risonha, com um casaco zebrado, um colar de madeira e exalando um perfume amadeirado. Fomos recebidas por sua amiga, uma mulher de rosto pequeno, nariz comprido e energia vibrante, que logo já estava nos servindo o vinho, enquanto os demais convidados vinham nos cumprimentar, muito leves e divertidos. Todos escritores. Falavam sobre estranhezas das quais eu gostava e, pela primeira vez, pessoas em grupo paravam para me escutar. Notei que me sentia confortável, de coração aquecido e a ansiedade no umbigo quase adormecida.

Talvez tenha sido a quantidade de pessoas ou uma quebra de rotina que parecia ter drenado parte da energia da escritora, que agora se aprumava solitária em uma poltrona com seu copo de vinho.

"Você está bem?", perguntei.

"Tenho uma dor de cabeça terrível"

Apesar de insistirem para que engolisse um comprimido, ela certamente não o fez, pois no fundo desejava ir embora. Eu não a vi sair e ela não se despediu, simplesmente sumiu de vista, deixando-me sozinha com seus amigos, alguns dos quais eu acabara de conhecer.

Pelos próximos anos, passei a reencontrar cada um desses amigos em jantares mais intimistas. Às vezes o encontro acontecia em algum restaurante ou em seu apartamento, onde seu cachorro comia quase todas as bitucas de cigarro das visitas. Ela gostava de construir esses casulos onde todos se mostravam um pouco mais estranhos como as lagartas e menos belos que as borboletas.

Estar entre tantos escritores voltava a acender em mim a urgência de escrever. Foi assim que, quando terminei de escrever um romance, eu não soube o que fazer. Passei dias lendo e relendo o manuscrito, tentando entender se seria mais prudente mantê-lo numa gaveta.

Quando o mostrei ao professor, tive medo de revelar demais. Se revelei, ele bem soubera esconder, porque metade do livro era sobre nós e a outra metade sobre baleias.

Quando mostrei à escritora, assim que lhe dei o manuscrito, desejava retirar-me correndo, como um entregador de jornais montado em sua bicicleta. Ela o leu com cuidado e, um tempo depois, falou-me afetuosa sobre suas passagens prediletas. Depois, perguntou-me se poderia mostrar para seus dois amigos mais próximos e, por fim, ela disse que levaria para sua editora. Quando, meses depois, retornou-me com a notícia de que iriam publicá-lo com uma tiragem inicial de duzentos exemplares, ela me disse:

"Mas não se engane. É impossível viver de literatura. Continue a escrever, mas continue a trabalhar"

Alguns meses se passaram, entre edição e provas de manuscritos, até que o livro ficasse pronto. Quando o peguei nas mãos, apertei-o contra o peito e cheirei suas bordas, imaginando-o na estante de uma biblioteca. A escritora e o professor enviaram cópias a seus amigos e colegas críticos literários, fazendo com que resenhas passassem a se difundir por colunas de jornais e revistas. Por sorte e para meu alívio, havia certa receptividade diante do meu romance de estreia.

Assim que entreguei o livro pronto para minha mãe, ela chorou. Seus olhos de espelho d'água, pesados de chuva e cachoeira, olharam-me com orgulho de ver um nome da família em algo que, segundo ela, era tão importante. Certo dia, fiquei a observando por um longo tempo, enquanto ela recortava e guardava pedaços dos jornais entre lágrimas.

Ainda naquele ano meu primeiro romance seria contemplado como o melhor livro de estreia por um importante prêmio de literatura. Mas minha mãe não estaria ali para recortar aquela notícia do jornal.

Foi nesse meio tempo que nos chegou a inesperada notícia de que meu pai havia morrido na prisão. Minha mãe prontamente viajou com a prima para o enterro, e não permitiu que eu cogitasse acompanhá-las. Era de acordo comum e silencioso que eu não desejava voltar a Vargem Bonita.

Não conseguia compreender inteiramente como ou por quê, mas a morte de meu pai derramou sobre minha mãe algo muito duro de suportar. Era como se ela tivesse sido condenada a uma tristeza pesada e duradoura. Ela, mulher que sempre dera um jeito de seguir a própria vida quando os homens a deixaram de todas as formas possíveis, parecia estar diante de sua última gota.

"Algo aconteceu em Vargem Bonita", disse a prima de minha mãe, quase sussurrando para que não fôssemos ouvidas. "No enterro do seu pai, ele estava lá. O seu tio estava lá"

Senti como se um soco se aproximasse para comprimir as estranhas do meu estômago. Indaguei com o olhar e, vendo meu pânico, ela continuou:

"Parece que ele foi solto há dois anos por bom comportamento, e está cumprindo o regime aberto. Isso mexeu com sua mãe. Ela explodiu quando o viu, foi uma tremenda confusão. Mas ela me pediu para não te contar nada, não sei se deveria ter falado... me desculpe, Izabel"

Era o suficiente para entender o peso que minha mãe carregava. Fechei os olhos e lembrei de feições, gestos, toques e sons que gostaria de ter esquecido. Desejei sentir menos, não sentir nada. Por que o capataz era sempre o que tinha mais liberdade? Por que haveria ele de receber um perdão que nunca pedira?

Engoli seco. Minha mãe precisava de cura e eu não poderia deixá-la se quebrantar de tal forma. Decidi lidar com aquela nova informação em outro momento.

Quando os medicamentos prescritos pelo psiquiatra pareceram não fazer diferença, tentei me lembrar das ervas curativas de minha avó. Eu, que há tanto tempo me distanciara do sagrado, vi-me fazendo banhos de sal com carvão e cinzas de sálvia e arruda, e oferecendo-lhe chás de alfazema, anis estrelado e mulungu. Lembrei-me da voz da vó me benzendo, fazendo o sinal da cruz:

"Com dois te deram. Com três te tiro. Em nome do pai, do filho e do Espírito Santo. Amém"

Como se já não bastasse o estado de minha mãe, meus músculos tensionaram ainda mais quando virei a esquina escura da nossa rua e vi a cavala novamente. Ela estava parada ao longe, sua crina balançando como os cabelos longos e pretos de uma mulher. Eu corri em sua direção sem mover meus olhos, mas foi apenas um desvio do olhar e ela já não estava mais ali. Perguntei-me qual infortúnio sua presença prenunciava.

Eu não sabia, mas enquanto eu adentrava o pequeno apartamento, colocava a comida no prato e banhava o meu corpo no chuveiro de água morna, a redação de um jornal preparava uma notícia sobre pequenas sepulturas do meu passado que seriam abertas no dia seguinte, com a sua publicação.

Talvez essa informação fora despertada pela presença de minha mãe na pequena cidade onde nasci? Eu jamais saberia. Tudo o que eu sabia era que não era possível mudar a ordem de todos os fatos.

Já era final do dia seguinte quando deixei o trabalho e segui para o ponto de ônibus. Havia sobrevivido a manhã inteira sob a luz da ignorância. No caminho, algo chamou a minha atenção na banca de jornal, e lentamente me aproximei com uma sensação crescente dentro do peito, como um bolo de pelos a ser regurgitado por um gato. A manchete dizia:

Escritora é menina de 14 anos que fez aborto após estupro em MG

Peguei o jornal nas mãos e comecei a ler a matéria alucinadamente, engolindo blocos de texto, tentando absorver o máximo possível. Para meu mais singelo horror, a menina da manchete era eu mesma.

Saí correndo pelas ruas atordoadamente, sem notar que eu sequer pagara pelo jornal. Agora eu era apenas uma mulher adulta voltando a ser menina a cada passada de perna sobre o cinza do asfalto.

O texto citava meu nome e me descrevia como escritora estreante, assim como frequentadora do círculo literário carioca. Havia também uma retrospectiva do que ocorrera cerca de dez anos antes, quando uma menina de quatorze anos estava grávida de vinte e três semanas após um estupro, e tivera o pedido de aborto negado por um juiz. O texto finalizava com fatos sobre o direito constitucional ao aborto, contrapondo com a visão de diferentes práticas religiosas sobre o tema. Uma foto minha ao lado da escritora estampava a matéria.

Era um texto jornalisticamente frio.

Eu, que há muitos anos não chorava, senti o volume incontrolável de água se formar e escorrer pelas minhas maçãs. Era insustentável permanecer entre o leve e o pesado daquela história, e naquele momento, a gangorra havia se elevado de um lado e me jogado para o outro. Eu sabia apenas que precisava falar com alguém, pisar em terra segura.

Quase inconsciente de tudo, eu continuava a correr enquanto meu corpo pedia movimento, pois eu não poderia ficar parada, ou começaria a me despedaçar como o farelo de um pão muito passado. Quando dei por mim, eu havia chegado ao prédio da universidade.

Quando o encontrei, sentado na sala dos professores, ele me olhou espantado e assim que viu o jornal em minhas mãos, logo entendeu. Levou-me para uma sala vazia.

"Eu acabei de ver o jornal. Estava tentando ligar para o seu trabalho, mas me disseram que você já tinha ido embora", ele disse, a voz séria, mas ainda suave.

"Eles descobriram. Descobriram tudo"

"Eu sinto muito, muito... eu não fazia ideia, Izabel", sua voz tremeu pela primeira vez.

"O nome dele... o nome dele nem está aqui", disse eu, balançando o jornal. "A foto dele não está aqui. É o meu nome, a minha cara que está aqui no jornal! A minha história! A minha história! Eles não tinham o direito!... Por que é que parece que eu cometi o crime e agora sou eu quem deve receber o castigo?"

Eu gritava e chorava, enquanto aqueles vermes e demais criaturas mortas saiam do túmulo que haviam remexido sem a minha permissão. Ele me abraçou e, diante da oferta de vulnerabilidade, abracei-o de volta, encostando meu rosto em seu peito. Foi a primeira e a última vez que nos tocamos adentrando a zona íntima da tentação. Ele não soltou o abraço até que eu decidisse fazê-lo. Talvez quisesse garantir que eu não me desfizesse em pedaços, talvez fosse uma forma de colar seus próprios fragmentos.

Foi também a primeira vez que ele me viu chorar. A última seria em sua morte, mas ele já não estaria lá.

Envergonhada, talvez pelo choro ou pelas lágrimas deixadas em sua camisa, eu me afastei subitamente. E nossos olhares travaram depois de procurarem um pelo outro, como se estivessem sintonizados na mesma frequência e não pudessem deixar de ouvir o que se tinha a dizer naquela transmissão. Ficamos assim, por oito ou mais minutos, com os olhos que falam mais do que a conversa de todo um verão.

Eletricidade, chamava-se eletricidade.

Senti a bola de pelo do gato crescendo na minha traqueia. A menina de quatorze anos sentiu medo e eu saí correndo, sem nada falar.

)(

Tudo já estava escuro quando peguei o ônibus para casa, e eu me corroía por dentro pensando se minha mãe havia visto o jornal. No meio do caminho, achei ter vislumbrado a cavala escondida em alguma penumbra e respirei fundo. Ao menos, a tragédia já tinha todos os atos. Não havia mais o que temer se o pior já acontecera. Eu que recolhesse aqueles novos cacos e os guardasse numa caixinha.

Tudo tinha sido selado e velado em um mausoléu. Guardado numa pirâmide. E agora estava exposto como uma barriga aberta e suas vísceras espalhadas pelo chão. Os ovos que se quebraram dentro de mim agora escorriam, a clara e a gema respingando pelo chão. Não era possível voltar atrás. Como enterrar aquilo que não se decompõe?

Mas foi apenas virar a esquina da rua onde eu morava para que a tensão das folhas que caem fora do lugar tomassem conta do ar. As luzes da ambulância e da viatura que estavam paradas em frente ao prédio denunciavam que algo estava fora de simetria. Corri, porque eu precisava saber, embora não quisesse nunca chegar à outra esquina.

A prima de minha mãe chorava no portão, em meio aos vizinhos, policiais e socorristas. Gritei o nome de minha mãe e corri, tentando passar por todos eles, mas senti me segurarem pelos braços, por mais que eu batesse de volta, debatendo-me, gritando, foram mais fortes do que eu.

A prima me puxou para um canto, segurando meu pulso com força, dizendo que eu precisava ser forte. Eu estava tomada de ódio e rancor, eu queria gritar.

"O que aconteceu? O que aconteceu?", era o que eu conseguia falar, num tom esganiçado que não era a minha voz.

Minha mãe decidira partir.

Naquele fim de tarde, ela trouxe para casa o jornal e uma corda, sabendo que não poderia mais. Sem falar com ninguém, trancou a porta do quarto, subiu em uma cadeira, passou a corda em volta do pescoço como um colar e pulou. Seu corpo girou de um lado para o outro como o casulo de uma borboleta. Uma borboleta que desistira de voar e queria voltar a ser lagarta.

Então, era assim. Era assim que era perdê-la. Cair no abismo: deve ser assim. Eu, que passara anos e anos carregando esse temor, sentia agora as minhas artérias congelando o líquido viscoso que prometia me manter viva. A porta do prédio se abriu, traziam na maca um corpo embalado em um saco preto.

Senti que tentaram me segurar, decerto pensaram que eu correria para a maca, mas eu corri para a direção oposta: meu corpo buscou a fuga das ruas.

Porque era triste e feio e solitário.

O saco preto era frio, vazio, desprovido.

Eu corri por muito tempo, tentando sentir alguma coisa. Chovia cada vez mais forte e eu nem me dera conta. As lágrimas se dobravam e rolavam perfeitas, como se tivessem tido muito tempo para ensaiar sua saída.

Correndo, comecei a ouvir o seu trotar de longe. Olhei para trás e lá estava a cavala, aproximando-se, cavalgando ao meu lado. O focinho batia em meu braço para que eu parasse.

Quando parei, não a abracei, não estava feliz em vê-la. Eu a empurrei e bati incessantemente em seu peito forte com os punhos cerrados, gritando e vertendo ainda mais lágrimas, a água da chuva torrencial tornando tudo mais violento. Eu tinha toda a cólera do mundo e queria que ela a sentisse.

Não sei muito sobre o restante daquela noite. Sei apenas que em determinado momento, se por dor ou desidratação, desmaiei aos pés da cavala. Ela me levantou e me colocou em seu dorso, como uma boneca de pano, e atravessou a cidade, fantasmagoricamente, para me deixar caída na porta da casa do professor.

6

Eu não me lembro
Mas o corpo lembra
A caixa torácica se torna pequena demais como uma gaiola cujo pássaro cresceu além da conta
E as cicatrizes querem voar como passarinhos de um desenho de criança
Estava inconsciente.
Eu era boa demais para me revoltar
Esqueço sem perceber
Emudeço a dor, portanto não sinto
A ansiedade vai para os intestinos
A raiva vai para o fígado
A tristeza vai para os pulmões

Não há ironias do destino nesta vida, ela não é fruto do acaso e não há coincidências. Mas é possível que seja tanto sórdida e repulsiva e vil quanto serena e magnética e bondosa como são as mentes irônicas que escrevem romances.

Eu sou apenas uma ideia na cabeça do escritor. Eu ainda não vim a existir porque as páginas ainda não foram datilografadas. Será que virei ao mundo? Ou serei apenas fragmentos?

Agora que sinto, parece que me decomponho. Sentir destrói. Sentir abre caminho.

É despertar e ainda dormir.

O que não é o luto além de se acostumar com a ausência?

*

Eu nunca havia entrado em sua casa, mas quando acordei ali, sabia imediatamente onde estava. Despertei em um quarto laranja com carpete marrom, e senti vergonha quando me dei conta de que haviam trocado a minha roupa e eu vestia um pijama que não era meu. Meu rosto estava oleoso e a minha boca seca. Abri a porta e encontrei um banheiro, onde me sentei na privada e me deixei ficar por alguns minutos. Lavei o rosto e saí. Andei até a sala onde havia um jogo de sofá bege e uma estante de cerejeira cheia de porta-retratos. Aproximei-me e vi nas fotos o professor e uma mulher de beleza extraordinária. Seu rosto era delicado e a pele rosada, seus cabelos eram louros e sedosos, seu nariz era fino e arrebitado, e a boca formava um pequeno coração.

"Izabel, que bom que está de pé. Como está se sentindo?"

Virei-me assustada e deparei-me com a mulher das fotos se aproximando de mim. Olhou em meus olhos e sorriu, ela era ainda mais bela em movimento. Deslizou sua mão delicadamente do meu ombro ao meu cotovelo, pedindo que eu a acompanhasse até a cozinha.

Ainda confusa, sem saber o que falar, apenas a segui.

"Desculpe, eu não queria atrapalhar. Eu não sei como vim parar aqui", eu disse, por fim. Minhas bochechas ardiam.

"Não, não precisa se desculpar", ela foi me servindo água, sucos, pães, frios, caldos e canjas, insistindo para que eu me alimentasse. Notei que estávamos sozinhas na casa, o professor decerto estava na universidade. "A sua prima ligou para cá ontem à noite, procurando por você, e nós avisamos que você ficaria aqui. Ela nos contou tudo o que aconteceu... Eu te troquei ontem para você dormir, espero que não se importe, fiquei preocupada de você ficar doente, suas roupas estavam molhadas..."

Ela nos contou tudo o que aconteceu. Senti culpa por querer viver aqueles primeiros minutos após acordar sem reconhecer o peso do que havia acontecido. Eu queria continuar a olhar a beleza da esposa do professor e queria comer uma fatia de pão com queijo sem sentir qualquer contrição no estômago.

Ela ainda disse que eu poderia ficar ali quantos dias quisesse. Era tão amável quanto ele. Tive certeza disso quando me abraçou, assim que, ali mesmo naquela cozinha, comecei a chorar incontrolavelmente.

Os dias entre o suicídio e o sepultamento de minha mãe formam um grande borrão de imagens pluriformes e desbotadas. Sei apenas que permaneci ali na casa do professor e sua esposa, conseguindo receber apenas a visita da escritora, que me fora especialmente reconfortante. Não consegui ver mais ninguém, nem mesmo a prima de minha mãe. Eu não queria vê-la nem a ouvir, não queria saber como aquele dia tinha acontecido, não desejava conhecer os detalhes dos últimos minutos dela na Terra.

Eu não esperava tão cedo ter que escolher o caixão de minha própria mãe, e tampouco constatar que era muito caro morrer. O professor me ajudou com os trâmites para a liberação do corpo, e a escritora juntou os demais escritores e amigos para dividirem o valor do velório e serviços funerários. Uma das memórias mais amorosas que tenho sobre ter amigos.

Nossa família tinha o costume de cremar seus mortos, e assim seria com minha mãe. Ela tinha aversão a cemitérios e à memorabilia sepulcral.

"Queime o meu corpo e jogue tudo na Baía de Guanabara. Não vá me deixar em um potinho de cinzas do lado da sua cama"

Eu não a culpava. Não me alegrava, também, ser colocada num buraco fundo e ter o túmulo coberto por uma pedra. O próprio pensamento fazia levar a mão ao peito de tão sufocante.

Enquanto adentrava o cemitério para o velório, um jornalista se aproximou de mim e perguntou: "Izabel, você acha que o suicídio de sua mãe se deu por conta do seu aborto?"

você acha que o suicídio de sua mãe se deu por conta do seu aborto?

você acha que o suicídio de sua mãe se deu por conta do seu aborto?

você acha que o suicídio de sua mãe se deu por conta do seu aborto?

você acha que o suicídio de sua mãe se deu por conta do seu aborto?

você acha que o suicídio de sua mãe se deu por conta do seu aborto?

O suicídio e o aborto. Ambos resistentes como o toco de uma árvore que era para estar morto, mas que sobrevive porque tem raízes. O suicídio e o aborto. Saíam tão fácil da boca do jornalista. Aquela parecia uma pergunta cotidiana tal qual "como a inflação afeta o seu poder de compra?"

A pergunta ecoou até o fundo dos meus tímpanos como uma sonora campainha, enquanto alguém empurrava o jornalista e um outro alguém apressava o meu passo para dentro do cemitério.

O suicídio e o aborto. Eram violentos. Quase tanto quanto quem os condenava.

A suicida e a abortada tinham várias pedras na porta do túmulo.

*

Depois de uma semana após a missa de sétimo dia, a prima de minha mãe e eu fomos jogar suas cinzas na Baía de Guanabara. Não convidei mais ninguém, pois julgava que aquele precisava ser um momento de despedida essencial para que conseguíssemos seguir.

O sol fazia a gentileza de se pôr, contornando de laranja o último céu para minha mãe. Fizemos uma oração silenciosa, cada uma do seu jeito, e jogamos as cinzas na água até que a urna se esvaziasse de pó e de mãe.

"Se a minha avó estivesse aqui, ela cantaria uma cantiga. Mas eu não tenho nenhuma", disse eu, sem saber como finalizar o ritual.

A prima puxou o ar e começou a cantar baixinho:

Se essa rua
Se essa rua fosse minha
Eu mandava
Eu mandava ladrilhar
Com pedrinhas
Com pedrinhas de brilhante
Para o meu
Para o meu amor passar

Rimos juntas. E continuamos:

Nessa rua
Nessa rua tem um bosque
Que se chama
Que se chama solidão
Dentro dele
Dentro dele mora um anjo
Que roubou
Que roubou meu coração

Se eu roubei
Se eu roubei teu coração
Tu roubaste
Tu roubaste o meu também
Se eu roubei
Se eu roubei teu coração
É porque
É porque te quero bem

De mãos dadas, as lágrimas atravessaram o sorriso em nossa boca.

"Eu e sua mãe éramos tão esperançosas", disse ela, secando o rosto, "crescemos cantando cantigas e brincando de roda, esperando que a nossa sorte mudasse. E mudou:

tenho certeza de que você foi a maior sorte da vida da sua mãe. Não se esqueça, Bebel, não se esqueça"

E me entregou um envelope levemente estufado: minha mãe me deixara uma carta.

O coração agora saltava no peito.

Ela me contou também que seria ali a nossa despedida, pois ia embora do Rio de Janeiro, e eu poderia ir com ela se quisesse. A morte mexe com as pessoas. Queremos arrumar ou destruir algumas coisas. A verdade é que nenhuma de nós duas iria conseguir voltar a viver naquele apartamento. Não havíamos voltado ali desde que tudo acontecera. Não há fantasma mais real do que o que nos persegue após o suicídio.

Abraçamo-nos e seguimos, cada uma para o seu próprio caminho.

7

Foi assim que descobri que eu era filha do meu avô.

Na natureza, há um fenômeno chamado de Rei dos Ratos, em que um grupo de ratos fica preso pela cauda, e a cada vez que tentam escapar, mais apertado fica o nó e maior se torna o emaranhado. A figura grotesca desse novelo de ratos passou a ser visto como um mau presságio.

Meus avós, minha mãe, meu pai, meu tio e eu éramos pequenos roedores enroscados pela cauda, formando um grande rato que, assim como cantigas de roda, girava em torno de si, repetindo-se.

Minha mente não sabe trabalhar de outra forma a não ser através da imaginação. Tudo o que me é contado é por mim imaginado. Por isso, não pude me conter e imaginei todos os acontecimentos narrados por minha mãe em sua carta para mim. Senti cheiros, ouvi sons, vi cores e rostos que nunca conheci. Nem sempre o coração sabe a diferença entre realidade e imaginação.

Minha mãe tivera o azar de ter nascido em uma época ainda anterior à minha, o que, sob a égide do conservadorismo, fazia pesar sobre os anos o declínio do atraso. Também teve o azar de não ter uma mãe como a minha, que, se não protegera antes, protegera depois.

Apesar de ser a última que eu receberia dela, aquela carta não havia sido escrita na hora de sua morte, pois datava de quando eu tinha quatorze anos. Nunca saberei se fora escrita com o intuito de ser entregue a mim.

Se em minha história, o início de tudo fora aos sete anos, para ela fora aos doze. E a gravidez, aos quinze. E então, eu entendi porque ela gritou tanto para que eu conseguisse abortar. E então, eu entendi porque havia dor quando seu olhar pousava sobre mim.

Sua mãe sabia de tudo o que acontecia com as três filhas mulheres. Fingia não ver quando, à noite, o marido saia do quarto e puxava uma das meninas pelos cabelos. Fingia não ouvir quando uma delas esgoelava de dor. Nada falava, porque também tinha medo de morrer.

As irmãs logo saíram daquele teto para se casarem, era a única chance possível para elas. Minha mãe buscava fazer o mesmo, e assim conheceu meu pai.

Mas ela engravidou de mim: uma criança consanguínea. Não sabia o que fazer com aquilo. Mas meu pai me aceitou como sua, e planejaram a fuga para Vargem Bonita, onde sua família vivia. No entanto, não contavam que meu avô iria atrás deles.

Na árvore dos meus genes brigavam entre si os postos de neta ou filha do meu avô. Eu não lhe daria nenhum título, mesmo que isso custasse toda a minha linhagem.

E foi assim que descobri por que meu pai fora encarcerado.

A faca de corte saiu da bainha do meu pai para perfurar o abdome do meu avô. Dizem que ele sangrou um rio vermelho no chão batido de terra. Morreu sozinho, passou a noite no sereno, e foi encontrado somente ao nascer do sol, com os olhos abertos.

Desde pequenos, achamos que vamos viver até o epílogo, que vamos trespassar nossos pais, que seremos obliterados pelo tempo em ordem de chegada. Ao final, uma baleia no mar nada ao lado de uma tartaruga centenária enquanto estamos mortos.

Se o que se passou com minha mãe se repetiu em mim, terá alguma outra mulher da nossa árvore ancestral se repetido nela? Irei eu me repetir em alguma mulher que virá depois de mim? Seria esse uma versão do eterno retorno do qual falava o filósofo? Se o preço da imortalidade era se repetir na tragédia, eu preferia me retirar do palco cortando o meu rabo, pois o vilão não existe sem a vítima, assim como o rei não existe sem os servos.

Que o tempo seja vetor, que seja passagem. Se o instante da dor é eterno, que o instante do amor também encontre seu lugar no único tempo possível.

De todas as manobras da vida, a minha favorita é que minha mãe aprendeu a me amar.

E com isso, escapamos todos do rei dos ratos.

8

A cavala permaneceu por exatos vinte e oito dias, sempre à espreita, escondida na negrura das sombras. Nos primeiros dias que se seguiram à morte de minha mãe, eu ainda lhe transferia a minha dor, como quem culpa o mensageiro pela má notícia.

Na vigésima oitava noite, a cavala insistiu, golpeava as janelas com o focinho, batia as patas no chão com violência e relinchava como se eu pudesse entendê-la. Era sua forma de dizer que tinha uma missão e precisava cumpri-la.

Desejando sentir o vento das amazonas, montei-a ainda carregada de ojeriza. A cavala corria, parecia ter pressa, e eu me permiti abrir os braços para sentir a liberdade se esfregar em nossos cabelos.

Atravessamos o oceano e o presente, indo para cem anos do passado de nossa existência. Cavalgamos ao longo do rio Sena até chegarmos a um enorme salão. Era o salão de Paris, com sua cobertura arqueada, o chão de carpete vermelho e as paredes abarrotadas de pinturas até o teto. A burguesia ocupava o salão com suas roupas de tecidos finos e seus pescoços altivos, cheios de querer. Eu, vestindo jeans e uma camisa de algodão, atravessava o salão com uma cavala-preta, invisível e cheia de sentimento.

As vozes se tornaram cochichos, murmúrios e sussurros. Os murmúrios se tornaram chacota, risos e escárnio. Examinando os arredores, respirei aliviada quando me certifiquei que ninguém nos enxergava. Na verdade, todos riam e falavam de um enorme quadro retangular de dois metros de altura. Fortes pinceladas carregadas de tinta mostravam uma mulher de pele de alabastro, trajando um vestido de cetim preto com um decote aberto mostrando seu belo colo, sua face era pequena com olhos amendoados que apontavam uma presença quase ausente, na mão esquerda um anel brilhava no dedo anular, o pescoço mostrava-se em curva juntamente com o braço esquerdo, formando uma simetria fascinante, quase lasciva. A pele translúcida brincava com a escuridão que a vestimenta carregava com destreza. Mas o que chocava a sociedade parisiense era a alça esquerda do vestido: caindo do ombro, revelava e cobria ao mesmo tempo.

Quanta ousadia e audácia para uma mulher casada da alta sociedade que não era prostituta, não era alforriada e não era proletária.

Enquanto eu olhava absorta para o retrato, uma mulher parou ao meu lado. Altiva e quase pálida de arsênico, logo a reconheci, era a própria dama do quadro.

“Minha mãe enlouquecerá o pintor até que ele arrume o retrato, colocando a alça do meu vestido em seu devido lugar”, sua voz era lânguida e firme, e mais do que sua beleza física, seus trejeitos a deixavam mais voluptuosa. “Por mais que a alça volte ao meu ombro, o estrago está feito: serei exilada da alta sociedade e o pintor, John Singer Sargent, terá de mudar-se para Londres. Arruinou nossas vidas. Mas este quadro será o motivo de lembrarem de nossos nomes por séculos. Veja, Izabel, uma simples alça fora do lugar teve o poder de destruir a vida de uma mulher. Enquanto isso, neste mesmo salão, a pintura de uma mulher nua não causou o mesmo alvoroço. Sabe por quê? A mulher nua era uma prostituta. O nosso corpo não nos pertence. Por isso, Izabel, continue a chocar o mundo. É preciso tornar a arte o fim e não o meio"

Ela olhou para mim com um sorriso arguto, virando-se para ir embora.

"Qual é o seu nome?", perguntei sussurrando, antes que ela se fosse.

"Eu sou a Madame X"

E ela desapareceu no meio das pessoas.

9

Sempre que alguém morresse, todos os seus pertences deveriam sumir, deveriam se decompor juntamente com seu corpo. E não haveria mais memórias suas na terra.

Tive esse desejo quando adentrei o apartamento sem minha mãe. O quarto de um morto é a paralisia do tempo e a sensação impetuosa de que a qualquer momento ele vai voltar para suas coisas.

Uma caneca ainda com o saquinho de chá usado ficou na mesa de cabeceira. Meias, calcinhas e sutiãs, peças tão íntimas que apenas nós conhecemos, ficarão para outras pessoas recolherem. Brincos, pulseiras e anéis ficarão espalhados pela casa. Inclusive o anel retirado do dedo para lavar a louça suja na pia. A escova de dentes, o travesseiro e os últimos remédios ficarão à espera de seu dono. Até a última refeição ficará indigerida no estômago sem força para performar os movimentos peristálticos.

Tudo paira sobre as cabeças dos que ficam, como nuvens que nunca irão chover, como restos de satélites orbitando planetas sem estrelas. Assim como os anéis de Saturno, as memórias dos mortos se acumulam ao seu redor, tornando bela a sua existência, mesmo que fruto de um passado de violência.

Tudo que é feito de matéria do mundo pode ser movido de lugar e ocupar diferentes pontos na Terra. Tudo o que é feito de matéria pode ser instituído e destituído, como propriedade de alguém ou de ninguém. Tudo menos as histórias e os livros devorados. Estes fazem uma simbiose do ser que lê e o ser que é lido. Por isso que eu digo que os livros sempre me salvaram de mim.

E dos outros.

Entre os meus pertences, assustei-me quando encontrei a boneca metade-Chapeuzinho-Vermelho-metade-lobo que minha mãe me dera logo que retornei do hospital. Fiquei absorta, sentada nos joelhos, enquanto virava e desvirava a saia do vestido carmim, revelando hora a menina, hora o lobo. Ri, lembrando-me que na história original de Charles Perrault não havia lenhador para abrir a barriga do lobo e de lá retirar a menina e sua avó.

Coloquei o capuz vermelho na cabeça da boneca, olhei-a com afeto e a coloquei na caixa de doações. Se tudo ia ficar no mesmo lugar quando eu morresse, que a Chapeuzinho Vermelho fosse para as mãos de outra criança.

Assim saíram pela porta as caixas que foram doadas e as caixas que foram para minha nova casa: um quarto de pensão. E o apartamento foi fechado e deixado para trás, com sua eterna maldição de ter sido a última moradia de uma suicida.

Como minha mãe me ensinara, eu voltei a trancar o grito e o choro na garganta para seguir com a vida. Era preciso continuar a movimentar as pernas para criar novos caminhos, ela costumava dizer. Um dia depois do outro, e no final, temos uma semana, um mês, um ano.

"Volte a escrever, Izabel", disse a escritora, em um dos nossos cafés da tarde. "Você sabe que é como eu: só existimos porque escrevemos"

Se ao escrever, inventávamos o mundo em busca da felicidade, era somente escrevendo que podíamos de fato esperar por ela.

Um tipo especial de ser era a escritora. Os eternos estrangeiros do planeta Terra se reconhecem e se saúdam discretamente na rua; ela não só me saudou, como também veio me ensinar como viver neste mundo, assim como fazem os imigrantes mais antigos com conterrâneos recém-chegados.

Éramos cosmonautas na terra, cujos corpos ardiam tanto de febre quanto de desejo de viver. Viver era muito. Viver era pouco.

Ela, que tinha muita liberdade porque tinha um destino, ensinou-me a ter êxito em busca da minha própria vontade de existir.

Se eu era de Saturno, ela era de Estrela. E sua hora chegaria seis anos depois da primeira vez que subi em seu apartamento no Leme; quatro anos após a morte de minha mãe.

Ela nos deixou no dia 9 de dezembro de 1977.

Lembro-me que em seus últimos dias de vida, foram as mulheres que permaneceram. Tanto em sua casa quanto no hospital, foram as mulheres em sua maioria que tornaram sua partida menos dolorida. Havia algum tempo que ela andava mais cansada e taciturna do que o normal, parecia prever que certos tempos se aproximavam e que seu corpo estava avançadamente doente. Ela nunca falou sobre isso, pois sempre buscou acordar a coragem nos outros através da própria bravura, mas, creio que ainda assim ela partia muito cedo.

Naquele dia, o dia da partida, a Lagoa Rodrigo de Freitas refletia o sol mais bonito de todo o ano e o vento fazia rir as árvores como se tivesse contado uma história muito engraçada. Era um dia alegre. Era um dia triste. Era um dia como ela.

Duzentas pessoas foram ao seu enterro no Cemitério do Caju. O caixão fechado foi coberto por um manto preto com uma estrela de Davi bordada no centro.

A cavala veio buscá-la, assim como buscava as pessoas que eu tivera coragem de amar.

10

É nesta parte da história que o destino e o acaso parecem ter cedido espaço para as minhas próprias escolhas.

Depois que meu nome e meu passado estamparam os jornais, um grupo de mulheres me procurou; elas faziam parte de um coletivo feminista que lutava contra a repressão da ditadura militar e pelos direitos das mulheres. Entre os direitos estava o aborto e a reivindicação do que estava muito além do que vigorava desde a lei de 1942 – que assegurava o direito ao aborto somente em caso de estupro.

Talvez fosse ingenuidade ou amadorismo de minha parte, mas concordei, apesar de já haver rumores de militantes sendo presos pela ditadura. Não era rebeldia, pois apesar da identificação política, eu era um ser cheio de medos. Talvez fosse o medo de que as galinhas voltassem a saber demais. Mas como dizia minha avó, eu tinha muita coragem porque tinha medo. E eram esses segundos de coragem arrebatadora que davam grandes impulsos em minha história.

Relatei em detalhes os abusos cometidos dentro de casa, por um homem da família, assim como o primeiro aborto aos doze anos, este clandestino, e o segundo aos quatorze. Afirmei também o meu posicionamento em defesa da legalização do aborto como parte do direito reprodutivo da mulher, que deveria poder decidir sobre o próprio corpo e ter acesso a um procedimento seguro. Pois eu bem sabia o que era um aborto clandestino.

Enquanto escrevia, batendo forte os dedos nas teclas da máquina, ouvi o roçar característico. Lá fora, vi a silhueta da cavala batendo os cascos e balançando o rabo. Era como se ela quisesse me avisar de algo, mas olhei para o que eu escrevia e dei-me conta de que não havia outra alternativa, não havia como não escrever, pois se aquela era a minha arma de luta, não era possível tentar proteger-me com a alienação. Foi assim que descobri o que de fato era ter um destino.

A cavala continuou a aparecer por semanas, como um fantasma, sempre à distância, entre as sombras, como um prenúncio, o preparo lento para a próxima pequena tragédia. Mas não havia volta: o rio que corria naquele leito não podia voltar atrás.

Meu relato foi publicado em um jornal de panfletagem sob um pseudônimo, e foi distribuído por quase todo o país, principalmente através dos movimentos estudantis. Eu não imaginava o alcance político daquele jornal e nem o quanto o barulho era ainda mais sonoro em tempos de repressão.

Passei a participar dos encontros clandestinos daquele grupo de mulheres e aos poucos fui novamente me sentindo pertencente ao mundo. Eu sentia que meu corpo voltava a ser meu.

Porém, logo na primeira passeata da qual participei, fomos agredidos e presos. Fiquei presa com outra mulher do grupo em uma cela pequena demais para nós, com apenas duas esteiras de palha para dormir. Fomos todas fichadas e fotografadas. No primeiro dia, ela foi levada e quando retornou, quase dezesseis horas depois, estava cheia de marcas, os olhos pretos, os punhos distendidos. Eu coloquei sua cabeça em meu colo e tentava confortá-la de alguma forma que não lhe doesse ainda mais o corpo. Ela não falava, nem chorava.

Quando vieram me buscar, eu já imaginava o que poderia acontecer comigo e já preparava o espírito. Meu corpo bem sabia o que devia fazer e imediatamente me lembrei das mariposas.

Colocaram-me sentada em uma cadeira com os punhos amarrados. O militar entrou. Falou meu nome completo e ficou a me fitar com um olhar que me dava náuseas, assim como o sorriso que lhe escorria da boca velha.

Colocou em minha frente um exemplar do meu depoimento sobre o aborto, e disse:

"A senhorita que escreveu isto aqui?"

Não respondi.

Então ele começou a ler trechos de diferentes parágrafos. Até chegar na seguinte parte:

"Mulheres abortam e morrem todos os dias. Mas as que mais morrem são negras e pobres"

E perguntou:

"A senhorita possui ligação com clínicas clandestinas de aborto?"

"Não!", respondi surpresa com a suposição da pergunta.

"Mas a senhorita fez um aborto ilegal aos doze anos"

Não respondi. A mando do militar, dois guardas soltaram meus punhos e me despiram violentamente. Amarraram meus braços para trás da cadeira e jogaram um balde de água gelada em minha cabeça. Fiquei sem ar.

Ele voltou a ler outro trecho:

"Aos doze anos engravidei do meu tio, após quatro anos de abuso, e ele me levou até uma mulher que realizava abortos clandestinos, sem cuidados estéreis e segurança médica. Ela perfurou o meu útero e inseriu um líquido, o que fez com que eu sangrasse por horas e tivesse certeza de que fosse morrer"

"É isso que a senhorita deseja? Que as grávidas abortem assim como a senhorita abortou? Que seus úteros sejam perfurados e elas sangrem?"

Não respondi.

Desta vez ele se aproximou e começou a me tocar, depois passou a enfiar os dedos entre as minhas pernas com violência.

Não adiantava gritar ou chutar. Meus gritos não eram ouvidos por ninguém, e os guardas já seguravam minhas pernas abertas.

O militar pegou o cassetete e deu vários golpes em minha cabeça e acertou com força o meu ouvido esquerdo. Tudo o que eu ouvia agora era um longo ruído misturado à dor aguda.

Ele continuava a ler trechos, mas eu já não conseguia discernir suas palavras.

O cassetete desta vez foi enfiado entre as minhas pernas, enquanto ele gritava:

"Dois abortos? Eu sei que você gosta disso aqui!"

Depois de ler mais um trecho, gritou:

"Quem lhe convenceu a escrever isso? Foi o seu namorado?"

E eu, revolta em ódio e dor, gritei:

"Eu mesma escrevi! Escrevi porque quis!"

Ouvi o cassetete cair no chão.

Jogaram-me de volta à cela, desta vez sozinha e por lá fiquei, sem pensar, sem falar e sem chorar. Quando a fonte se esvazia, esgotam-se as dores e também qualquer resquício de felicidade. O contrário da euforia não é desalento ou a tristeza. É a apatia.

Acordei com um pé em cada mundo, no meio da madrugada, com um roçar de pernas e cascos. Mas foram as lambidas e as leves mordiscadas que me fizeram abrir os olhos: a cavala finalmente se apresentava. Sua presença cheia de elétrons já era o suficiente para que a minha mente se alegrasse, mas meu corpo estava muito cansado. Quando se deu conta que eu não me levantaria sozinha, a cavala se movimentou de tal de forma que minutos depois eu estaria transpassada sobre seu dorso, com as mãos e as pernas balançando de cada lado como uma boneca. Mas já não doía, eu só queria ser levada por ela para um dos seus campos mágicos, longe da realidade daquelas paredes escuras.

Acordei suando frio com o corpo ainda quente e dolorido, passei os olhos pelas paredes iluminadas pelas chamas amareladas de velas: eu estava em um barracão de madeira. Uma mulher negra com um lenço na cabeça surgiu para trocar o pano úmido em minha testa. Tentei falar, mas ela me deu água para beber, e logo eu adormeci novamente.

Nos próximos dias, fui sendo cuidada e curada. Ela colocava emplastros de mamona para amenizar os hematomas e o machucado no ouvido direito, depois me dava caldos e chás até que o estado febril passasse. Aos poucos meu corpo foi se recuperando, recebendo a vida daquela misteriosa mulher.

Seu nome era Dandara. E o seu rosto tinha a beleza de terras livres.

E quando saí do barracão e vi os ouricuris, eu soube imediatamente onde estava. Senti meu peito se encher de luta e resistência.

Dandara trançou os nossos cabelos e me levou para colher abacaxi, depois dançamos e cantamos junto aos outros moradores, saudando Onilé. Entramos em uma roda de capoeira e a vi lutar com a destreza de uma guerreira.

Havia crianças, jovens, velhos, homens e mulheres. Todos me estendiam as mãos, compartilhando uma consciência de dor que sabíamos estar em todos os cantos. Ser de uma terra distante, de pele escura e nascidos sob a estrela de um destino nos tornava mais próximos do que as pedras que formavam aquelas montanhas.

"Òpárá paira sobre sua cabeça, menina. Òpárá percorre com sua força a água macia do rio, atravessa a mão como uma espada na queda das águas revoltas da cachoeira", disse uma velha senhora, enquanto pintava a minha testa de vermelho.

Mas Òpárá também me dizia que a roda do tempo chegava ao fim.

Foi numa tarde quente, quando o sol estava a pino, que uma movimentação começou a se fazer presente na aldeia, e evoluiu rápido para um ataque massivo: homens montados a cavalo, munidos de armas, espadas e flechas, faziam jorrar o sangue de quem se pusesse à sua frente. Logo as moradias pegavam fogo e enormes balas de canhão começaram a cair em todos os lugares. Tudo o que havia era fogo, poeira e gritos. Era o último dia no Quilombo dos Palmares.

Para onde miravam meus olhos, jaziam corpos caídos. Mas eu sabia que era melhor morrer do que perder a liberdade. Dandara pegou-me pela mão e saímos correndo por uma pedreira. Subimos pisando em pedra sobre pedra até o topo de onde se via a fumaça e o fogo queimando os mocambos.

"Eu sinto muito, Dandara", eu lhe disse, tentando consolá-la.

Mas ela balançou a cabeça para os lados, como se soubesse que aquilo estava para acontecer. Olhou-me nos olhos e disse:

"Resistimos aqui por cem anos. Bem sei que não foi a primeira batalha do nosso povo e não será a última. Tudo acaba. O que é bom acaba, mas o que é ruim também. Aprendi nessa vida que nada é permanente, e isso é uma dádiva. É preciso resistir. Resista, Izabel"

Levantou-se e me fez um gesto com a mão para que eu ficasse onde estava. Dandara tomou impulso e correu, pulando para o precipício. Ela sempre escolheria a liberdade, acima de todas as coisas.

E foi assim o último dia no Quilombo dos Palmares.

11

Foram noventa dias, mas se pareceram anos. A primeira sessão de tortura fora degradante o suficiente para que as próximas parecessem mais brandas, até acharem que eu não precisasse mais delas. Eu dormia durante os dias e as noites, perdendo a noção do tempo, mas nunca do espaço. Não via ninguém, não falava com ninguém. Não havia livros para ler, não havia cadernos para escrever. E quando achei que fosse perecer, levaram-me para os banhos de sol, e redescobri a existência de outras mulheres. Assim me levantei.

Certa vez uma lagartixa entrou na cela e passei a conversar com ela; na minha cabeça ela respondia. Desmanchei uma parte da coberta e comecei a fazer tranças com ela; fazia e desfazia, e deixava aquilo escondido com medo de que encontrassem e achassem que eu queria tirar minha vida com uma corda improvisada. Eu conhecia todos os cantos daquela cela, todos os riscos e defeitos de construção de tanto que me acostumei a olhar para as paredes. Deitada num canto, encarando a parede, assustei-me quando li uma pequena inscrição no canto inferior direito:

"A prisão jamais vai sair de você"

Um recado de uma presa para outra. E estava coberta de razão, pois há certas coisas dos quais não se pode desvencilhar como as tramas de um tecido. Uma vez que se perde uma mãe, para sempre órfão; uma vez rendido, para sempre em cárcere.

Quando fui solta, saí finalmente do prédio do DOPS como se fosse uma tarde comum num dia de verão, porém, tomei o cuidado de andar e não olhar para trás. Descobri que o motivo de ter sido presa fora porque o texto sobre o aborto havia sido considerado subversivo, mas jamais soube como haviam chegado ao meu nome, mesmo tendo assinado sob um pseudônimo.

Agora eu retornava como quem volta de viagem. No entanto, sem malas, sem bagagem visível.

Quando cheguei à pensão, disseram-me que meus pertences quase haviam sido colocados na rua e o quarto alugado para outro hóspede, mas antes que isso ocorresse, um amigo - que depois descobri ser o professor - viera e pagara pelos aluguéis atrasados. Havia recados do professor e da escritora pedindo que eu lhes telefonasse assim que retornasse.

Mas eu não telefonei. Havia algo dormente dentro de mim.

A primeira coisa que fiz foi tomar um longo banho, eu queria tirar o cheiro dos ratos de mim. Quando desliguei o chuveiro e me olhei no espelho, não me reconheci. Havia muitos dias que eu não via o meu reflexo.

Fechei os olhos e lembrei do torturador puxando meu cabelo para trás enquanto invadia o meu corpo. Recuei. Lembrei de outro homem que puxara meu cabelo quando menina da mesma forma.

Busquei uma tesoura e lentamente cortei uma por uma das madeixas do meu cabelo, o mais curto que eu podia. Nada disso foi feito com rispidez ou violência, mas com a leveza do amor pelo que eu fora até ali. A parte de mim que sustentava os cabelos longos já não estava mais presente.

Eu não estava com raiva, eu estava fria.

O professor e a escritora apareceram na pensão dias depois. Disseram-me que há meses procuravam por mim, pois eu desaparecera sem dar notícias. Eles sabiam que algo terrível acontecera.

"Cortaram o seu cabelo também?", perguntaram quando me viram.

"Não. Isso fui eu"

"Mas eu gostei", disse a escritora com seu tom maternal, enquanto passava as mãos pela minha cabeça. Na semana seguinte, ela amavelmente me levaria à sua cabeleireira para consertar o estrago que a minha tesoura cega havia feito.

Pedi para sairmos, eu precisava andar pelas ruas. Fomos caminhando e fui lhes contando os longos dias tortuosos. Eu sentia por dentro como se fosse uma criança relatando o pesadelo que tivera com criaturas abissais. Exceto que eu não era mais pequena.

Choramos todos juntos diante da incomunicabilidade do absurdo. Era um capítulo triste da história do nosso país.

O professor segurou forte em minha mão, como quem tenta segurar uma ave de rapina.

*

Quando tentei retornar ao trabalho, descobri que já não tinha mais emprego. Meu desaparecimento havia sido tido como abandono de minhas funções, além disso, já não desejavam ser associados a mim:

"Gosto muito do seu trabalho, mas estão dizendo que o texto sobre o aborto é seu. E você sabe como está difícil para a imprensa. Muitas estão fechando, sendo perseguidas…"

Ao final, busquei trabalho em escritórios, depois em cafeterias, padarias e restaurantes, mas consegui emprego apenas em um bar. Eu sabia que precisava ao menos receber algo para pagar pelo meu quarto, sabia também que poderia ser momentâneo e, talvez, muito em breve eu teria minha vida de volta.

Coloquei-me a escrever todos os dias, para continuar a existir, para continuar a viver sob o tom da batida das teclas. Trabalhava por toda a noite, depois ia para a pensão e escrevia por longas horas.

Haviam me quebrado de tal forma que eu já não sentia como antes. Então, talvez tivessem me consertado? Eu já não tinha medo, não tinha nada mais a perder. Se achavam que minhas ideias sobre o aborto eram perigosas, que então eu usasse minha máquina de escrever para fazer algo que parecia mais perigoso ainda. Escrever era muito perigoso. Escrever sobre o meu corpo era uma forma de voltar para casa.

Mas foi então que meu corpo começou a dar sinais de alerta. Não só meu espírito estava cansado, ele também. Meu corpo já não tinha mais a mesma força para que eu pudesse extrapolar seus limites. Muito do que sentia, eu já havia notado, mas pretendia ignorar. Eu só seria forçada a prestar atenção de fato quando já fosse tarde. Mas eu sabia que era para ser assim. Mal sabia eu que estava para morrer da mesma enfermidade que minha amiga escritora. Unidas por um órgão reprodutivo.

Por enquanto, eu ignorava. Apenas trabalhava e escrevia.

Por enquanto, decidia lutar através da escrita, afastando-me dos protestos e das reuniões clandestinas.

Passei a rever alguns escritores que iam ao bar, tomavam uma bebida e conversávamos sobre o mundo, eles me contavam o que acontecia. Aos poucos aprendi sobre bebidas, suas doses e copos certos.

Certa vez, recebi a visita da editora do meu primeiro livro, conversamos por horas, enquanto eu trabalhava e ela bebericava seu copo. Perguntou-me, para minha surpresa, se eu tinha algo escrito. Queriam me publicar novamente. Dei-lhe meus contos antigos. Mas lhe disse que eu estava trabalhando em algo, e esperava terminar em breve.

Alguns meses depois, meus contos foram publicados em uma coletânea. Haviam passado pela censura.

O professor passou a frequentar o bar e a beber também, passava por ali depois de suas aulas noturnas, pedia uma dose de alguma coisa. Eu olhava o seu rosto e via que ele envelhecera, seus cabelos mesclavam fios brancos, a barba crescia ao redor das mandíbulas. Eu o olhava e pensava em como o tempo teria passado para mim, se eu mesma tinha marcas do tempo em meu rosto também. Ele tentou me arrumar novos empregos, mas eu neguei, disse-lhe que eu estava bem ali. Ele achou que talvez a prisão tivesse me danificado, mas eu só não lhe contei que o bar me permitia escrever, e isso era tudo o que eu precisava.

"Não se esqueça de ser feliz", ele dizia.

Lembro-me com clareza quando me disse que iria

embora do país. Naquele lugar, separados pelo espaço do balcão, não nos abraçamos em despedida, eu acreditava que voltaríamos a nos ver. Eu acreditava em tantas coisas.

Pousou sua mão esquerda sobre a minha mão direita e a deslizou suavemente como um ectoplasma. Nossos dedos mindinhos foram a última coisa que se tocaram, reafirmando um fio invisível que eu acreditava existir entre nós.

Eu não podia supor que haveria, em algum momento, um mundo em que ele não existisse.

Naquela madrugada, eu não escrevi. Deitei e olhei para o céu até as pupilas secarem e as pálpebras fecharem em defesa do corpo contra o vento. Olhei e não encontrei Júpiter ou Saturno no céu coberto de véu e nuvem.

12

Naquele dia me desprendi de seus braços e nos olhamos por exatos oito minutos a uma distância de quase um metro. Não sei como ou por que isso aconteceu, curtos minutos em que olhei em seus olhos de céu de floresta e hoje já não sei se eram verdes ou azuis. Porque você parecia um ninho bem cuidado onde eu pousaria destemida, sem medo de ser vista. Era calmaria, chá-preto Earl Grey, pão na chapa e vinil de quatro garotos. Única pessoa a ver o que minhas mãos e uma caneta Bic eram capazes de fazer. Eu buscava um momento epifânico de súbito entendimento de tudo, porque meu ego dizia que eu era a protagonista de um romance burguês, mas minha consciência me dava sinais de renúncia, porque eu tinha a coragem de um camundongo que engana a ratoeira, mas possuía o temor de me tornar outra coisa que fosse danosa. Impronunciável o seu nome se tornou depois que renunciamos, mas lembrei de como o sol afundava no seu rosto todos os dias, sentado na mesma mesa da cafeteria. Porque éramos pessoas noturnas, vivíamos em nossos sonhos sem coragem para avançar nas manhãs. Talvez estejamos presos no que nunca começa e nem termina. Redondo. Redondo. Redondo. Essa vida corre em espirais. Mas nunca transcende. Nem é imanente. Será que vou escorrer pelo ralo da pia em círculos? Gostaria de pedir que me esperasse mas estamos em dimensões separadas e eu não consigo juntar páginas de livros diferentes. Naqueles oito minutos: instantes pendentes no ar. Nos derretemos, nos misturamos como água viva e depois fomos recompostos, um novo rio para cada um de nós. Eu me sinto pronta. Preciso sair do copo e derramar-me por todo o chão, se eu estava em sua boca misturada à sua saliva, agora preciso de mais. Se sou livre e não faço; sou livre, de fato? Naquele dia você não soube, mas depois que saí da sala, eu voltei. Voltei correndo. Mas você já não estava lá. Senti-me desprovida de coragem. De coragem para enfrentar o que encontraria mais tarde em casa. Se fosse hoje eu preferiria ficar nesse limbo, um meio caminho entre a possibilidade de ter e a constatação de não ter mais. Naquele dia eu te perdi à esquerda. Perdi minha mãe à direita. Se você ainda não se deu conta, eu escrevo como quem foge. Dei-me conta de que passei a lembrar de coisas sem sentir dor. Estou curada? É um mundo caótico. E eu não me sinto adaptada. Não aprendi a aceitar nada. Engana-se quem acha que fechei meus olhos para a minha própria dor. Somos meras suposições nessa coisa de viver. Nos instantes em que damos certo, somos pinguins andando como quem dança sem talento, escolhendo um ao outro por toda a existência. Mas acontece que um instante é diferente de toda uma vida. Mas acontece que eu sou um cavalo e você, um lobo-guará. O instante é o rádio sintonizado entre estações, captando a transmissão e a estática, enquanto você ouve e não ouve ao mesmo tempo. Nós éramos esse instante. Eu ria, contava uma piada, escondia meus desejos, perguntando-me se você sabia que era o grande amor de alguém. O meu amor lhe guarda da morte, você viverá para sempre enquanto eu viver. Aprendi a não precisar de ninguém. Aprendi a estar só. Mas você tornou os meus dias menos difíceis. Porque fui salva tantas vezes pelas páginas de um livro. Já me sinto mais calma. Parece que finalmente entendo o amarelo nos quadros do artista. Entendo como alguém que tenha passado muitos anos numa redoma de vidro. Se fossemos mariposas, viveríamos pouco, sete dias, e nossas histórias teriam sido perfeitas. Porque o final verdadeiro nunca é feliz para sempre. O final verdadeiro não é leve e catártico. Ele é o algodão doce que se desfez caindo na poça de água. Ele é ridículo. É chato. O final verdadeiro é um filme europeu. E eu prefiro finais verdadeiros. O mal do escritor é que ele quer guardar tudo em cadernos. Mas acontece que não posso colocar aqui o que foram aqueles oito minutos. Não reivindiquei o seu amor, pois amei sem termos. Não o confisquei para mim. A vida era esse eterno abrir de portas que davam para outras portas, escadas que subiam e desciam, espelhos refletindo outros espelhos. A vida era labirinto. Este mundo era temporário. Este era o segredo que me manteria viva por tantos anos. Junto a tantos outros segredos que me matariam tantas vezes na mesma vida. Se eu tivesse desistido no meio do caminho, talvez eu não tivesse lido metade dos livros que li. E eu seria pela metade. Minha avó me ensinou a achar belo tudo que eu pudesse. A certeza da morte me enlouquece um pouco. E me acalma a loucura também. Amam-se as pessoas uma vida inteira só para vê-las morrer.

13

Foi assim que descobri que ele era um homem comum.

A verdade é que eu o via como quando se olha para onças-pintadas na natureza selvagem. Apreciam-se sua cor, as marcas de sua pele, sua beleza, seus olhos felinos, como se movimenta, e como domina as árvores e a terra. Mas não se deseja vê-las cruéis ao matar o filhote de um veado; não se deseja vê-las traiçoeiras, com a boca cheia de sangue. Ninguém deseja ver a onça sagrada como um ser bestial.

Mas ele havia de ser humano.

Todos somos quebrados de alguma forma. Mas talvez eu amasse até seu maior defeito.

Foi numa quinta-feira qualquer em que decidi ir ao Cinema Icaraí. Sentei-me na poltrona, as luzes ainda estavam parcialmente acesas naqueles minutos que antecedem o início do filme, quando o vi. Sentado cerca de duas fileiras à frente, vi seu rosto rindo, divertindo-se, e ao seu lado uma mulher. Outra mulher, não era sua esposa. Eu senti minhas entranhas se recolherem e as baratas começaram a escalar as paredes do meu estômago. Beijaram-se. Quando ele abriu os olhos, a inclinação de sua cabeça colocou-o na minha direção, nossos olhares se cruzaram. Ele me viu. Com o semblante sério, seu corpo voltou-se para a frente. Na tela, por mero acaso, víamos todos a adaptação cinematográfica de Dona Flor e seus dois maridos.

Nunca falamos sobre isso.

Eu fingi que nada havia visto. Ele também.

Eu não sabia identificar meus sentimentos. Não sabia se o odiava por trair sua esposa ou se eu desejava ser a mulher ao seu lado no cinema. Eu tinha tantas perguntas. Quem era ela? ele a amava? amava alguma das duas? sua esposa sabia? onde se conheceram? por quê?

Envergonhei-me dos pensamentos mesquinhos. Mas eu tinha direito ao desejo.

Dois anos depois, ele e a esposa se mudaram para Paris, quando ele recebeu uma bolsa de pesquisa do governo francês. Disseram-me que voltariam em dois ou três anos, mas eu nunca mais tornaria a vê-lo.

Trocamos muitas cartas. Cartas sobre sua pesquisa, sobre as minhas escritas, sobre novos autores, sobre velhos autores, sobre a tristeza do mundo que se envergava pelas ditaduras. Ele foi meu professor até o fim. Era esse o seu papel. No final, só restava o amor.

Três invernos depois, deixaram-me um recado no telefone da pensão. Ele havia morrido.

Entregaram-me um pedaço de papel escrito a lápis dizendo que ele falecera no domingo (era uma quinta-feira). Li a nota quatro vezes. Senti raiva da palavra "falecer", oferecia uma gravidade e uma solenidade indevida. Ouvi um "sinto muito" da garota da recepção.

As lágrimas, que há muito tempo não faziam veredas no meu rosto, desceram em abundância. Ele merecia toda a água do meu corpo. Era estranho pensar que ele estivera fora deste mundo desde domingo, e eu vivendo a vida normalmente como se eu não soubesse que os eixos do planeta haviam mudado. Perguntei-me o que eu estava fazendo quando seu coração subitamente parou.

Decidi que precisava de um ritual para lhe dizer adeus, ou ele permaneceria latente para todo o sempre, como um fantasma que flutua por cima do nosso ombro. Em um anoitecer, entrei escondida na universidade e subi até o terraço, no mesmo lugar em que ele um dia me mostrara Júpiter e Saturno. Acendi uma vela e reli a última carta que havia recebido dele. Era triste que ele jamais receberia minha resposta. Comecei então a responder para a vela, a cada linha da sua carta, eu comentava, ria, contava-lhe sobre os livros que eu estava lendo.

Como o corpo era paradoxal: para viver era preciso se consumir assim como se queima o pavio e se derrete a parafina da vela. No final, desaparece. Mas continua ali?

Do que é feita essa coisa que permanece mesmo quando vamos embora?

De alguma forma, ele agora morria para sempre.

Senti falta da cavala. Será que ela não sabia que aquilo era uma tragédia para mim? Creio ter ouvido seu trotar atrás de mim. Mas ela não apareceu. Em vez disso, ouvi o som da voz de minha avó. Ela cantarolou uma cantiga no meu ouvido e eu não me senti sozinha, senti-me pertencida a uma linhagem de netas. Senti saudade da fé que tive um dia.

Cerca de um mês depois, fui surpreendida por um telegrama. Eu havia sido citada no inventário do professor e precisava comparecer à partilha de seus bens. Ser lembrada, mesmo após sua morte, era de assombrosa ternura. No local, reencontrei a sua esposa, que me abraçou amorosamente; em seu rosto a passagem do tempo apenas evidenciava a beleza e a delicadeza.

Para mim, deixou todos os seus livros: uma coleção com edições raras – diversos deles assinados pelos autores; além de uma quantia em dinheiro. Eu jamais tivera um valor tão grande em toda a minha vida, e meu coração se encheu de culpa, como se eu me apossasse de algo que não era meu.

"Desculpe, mas acho que não posso aceitar. Não é justo", eu disse, a voz quase desvanecendo.

A esposa do professor me olhou levemente assustada, mas sorriu. "Aceite, Izabel. Era o que ele queria"

Quando ia embora, sua esposa me entregou uma carta, cujo envelope tinha o meu endereço como destinatário e selos parisienses cuidadosamente colados. Parecia que um dia estivera pronta para ser enviada, mas nunca fora. Notei que havia sido lacrada, mas depois reaberta com um corte de tesoura na lateral.

"Encontrei entre as coisas deles. Está aberta, acabei lendo", pausou com sinceridade, "e está tudo bem"

O que havia no conteúdo daquela última carta? Não me importava que ela a tivesse lido, já que seria o mínimo a que tem direito quem lida com os pertences deixados pelo morto. Nem sempre os segredos de quem parte são comidos pela terra.

Quando li a última carta do professor, desejei ter o brilho e a maturidade daquela mulher que podia ser doce e amável e elevada em qualquer situação. O amor pode ter muitas formas.

Quando li a última carta do professor, era como se ele ainda estivesse vivo. Era mentira que se morria para sempre. Vi voltar a lembrança de que o tempo sempre roçou de leve em minhas mãos, mas nunca conseguia segurá-lo de fato. Tudo desaparece. E isso torna as coisas perigosamente preciosas.

Quando li a última carta do professor, era como se apaixonar pelo estranho na estação de trem e vê-lo entrar num vagão qualquer, indo embora enquanto eu ficava na plataforma.

Era um algodão-doce que caiu numa poça d'água antes que eu desse a primeira mordida.

14

A última carta não era uma carta. Por não ter data, não era possível saber quando havia sido escrita. Era uma descrição, uma crônica ou o que quer que fosse. De qualquer forma, era uma reunião de palavras descrevendo um tempo que não existiu e não existiria a não ser pairando latente sobre nossas cabeças:

*

Não sei se a teria notado se não fosse pelo livro que carregava no bolso do avental. O mesmo certamente ocorrera com ela: deve ter visto primeiro os livros que eu carregava. Os leitores deste mundo se reconhecem rapidamente.

De fato demorei a percebê-la. Nossos olhos se acostumam com certas figuras recorrentes no pano de fundo da história. E entre todas as pessoas invisíveis da cafeteria, ela era uma figura curiosa, cuja pele ainda guardava o sol de outros dias - tudo nela era cor de cobre, tensamente marrom, cor de terra que brilha mesmo no chão. Os cabelos amarrados em um rabo, compridos em ondas largas; os braços eram compridos demais como se o corpo ainda fosse crescer; o nariz afilado habitava o rosto colonizado junto aos olhos repuxados e os lábios grossos; os dentes da frente eram levemente separados; mas era o livro no bolso que me faria reconhecê-la rapidamente entre as pessoas da cafeteria, todas presas aos uniformes que as desprendiam de suas individualidades.

O livro no bolso. Pessoas que gostam de histórias se acostumam a observar outras pessoas e a buscar pelo seu potencial infinito de gerar novas histórias. O problema do leitor é que ele sempre está à espera do ponto de virada, o desfecho catártico. Mas livros acabam e a vida segue, assim como a vista termina até onde alcança, mas o mundo continua.

Ela parecia algo como um bicho ferozmente assustado, o que parecia torná-la perigosa como uma ave que vai arrancar as suas vísceras para se defender. Era um passarinho fragilmente forte que grita e pulula e que me tomava de afeto, amornava o coração. Sorrir para ela se tornou uma memória muscular.

Há muitos vazios nesta história e não sei se os pedaços faltantes são reais ou fantasiosos.

Prometi para mim que iria protegê-la o quanto pudesse. Inclusive de mim. Talvez nessa época eu já intuísse os monstros que a consumiam desde a infância ou será que seus olhos eram bons o suficiente para esconder?

Seu olhar era desconfiado, mirava incessante de baixo para cima. O articular de fonemas em partes diferentes da boca denunciava sua estrangeirice nas terras de Niterói. Seu sorriso era tímido e assustado, sempre de lábios cerrados; depois aprendeu a sorrir com os dentes, como quem se acostuma por muito tempo a fingir alguma alegria. Ela pensava que nos enganava. Ou enganava a si.

Quando a conheci eu era uma pessoa inteira, mas creio que, como um rio que passa por anos e molda as pedras, ela tenha passado por mim tantas vezes que fui me moldando e me desfazendo até me tornar líquido também. Temi que minha aproximação fosse uma irresponsabilidade, por isso garanti que nossos olhares tivessem constantes desencontros.

Desencontrar o seu olhar para encontrar o umbigo do mundo. A certeza de vir do mesmo lugar e partir para o mesmo destino. Hoje e mais uma vez amanhã *ad aeternum*. Se eu fosse viver esta vida novamente por infinitas vezes, não sei se teria tempo suficiente para deixar de ser um quase. E era quase.

Tive medo de enlouquecer um pouco. Ao passo que eu lia o que ela escrevia, eu me fazia e desfazia aos poucos. Eu costumava pensar o mundo em caminhos bem definidos entre estradas e plantações, não contava que flores podiam brotar em asfaltos. O problema era sentir. Era esse campo estranhamente familiar, cheio de cavalos selvagens correndo soltos em meio à bruma, belos e encantados à distância. Era esse fundo do mar, onde a ressonância das palavras nos colocava em comunicação direta com as baleias, e tínhamos que cuidar de nossa intensidade para não dilatar o coração gigantescamente frágil delas. Era esse o local do crime, onde se iniciou nosso segredo e jamais falaríamos, nem mesmo entre nós, do que cometemos e testemunhamos. Um à espera da confissão do outro, um aguardando a delação do outro.

Ignorei suas pupilas dilatadas. Talvez devesse ter me afastado. Mas escolhi permanecer por perto, como quem guarda o filhote de uma ave de rapina, pois sabe que ele se tornará grande e forte, e um dia voará triunfante para o alto.

Em um mundo que não fosse temporário, eu escolheria colidir o meu planeta com o seu, mas eu sabia o que este mundo não era.

Eu jamais revelaria, mas naqueles oito minutos, tive medo. E eu vi quando ela voltou correndo, perdida como uma pluma solta que escapou da asa de um pássaro. Mas me contive. Tive medo do que eu veria naqueles olhos engrandecidos se olhasse um pouco mais. Não era o que eu veria sobre ela, mas o que eles mostravam sobre mim. Como quem revela a minha existência através da sua, porque a verdadeira transcendência está no quanto permanecemos nos outros.

E se, em oito minutos, eu tive medo de perdê-la, como seria tê-la por dias, meses, anos?

Seu olhar me cortou em pedaços, pequenas lâminas a serem examinadas porque o que acontecera dentro de nós havia mudado a fonte permanentemente.

Como não dizer que a ficção, quando fala de amor, contém mais verdade que a realidade? O amor é tão feio quanto um inhame: uma raiz suja de terra que brota aos montes.

Olhando agora, acho que as memórias não são nem um pouco mais belas do que a realidade.

Nessas memórias talvez nunca seremos pela metade. Mesmo quando o corpo pode ser cruel em seus desejos. Exultante. Eu não passaria por ela impune.

Ela me bebeu e eu a devorei como um livro.

Ela me ensinou a pensar em como nascem e morrem as estrelas e a sempre ter um destino.

Pode ser que o acaso tenha nos levado como um barco à deriva para outras pessoas. Mas você foi entregue na soleira da minha porta porque era preciso. Era preciso.

Nada me intriga mais do que a palavra "se" na narrativa de quem vive de soslaio. A verdade é que eu poderia lê-la como um livro.

Eu poderia lê-la como um livro.

15

Abri os olhos sentindo gosto de ferro e asfalto na boca. Levei as mãos aos lábios, sangrava um leve machucado surgido do impacto do meu corpo com o chão. Não saberia dizer quanto tempo ficara caída no meio-fio da via quase sem movimento, mas o sol já estava baixo.

Sentada na calçada, veio a sensação familiar de ser observada. A duzentos metros à minha frente, entre as árvores baixas, a cavala me encarava com seus olhos de maçãs escuras, enquanto mexia as patas e alinhava o pescoço.

Concentrei-me tentando ligar o meu pensamento ao seu, tentando sentir a sua natureza vibrando. Alguém surgiu com um copo d'água e me ajudou a levantar. Quando olhei novamente, as árvores balançavam sem ela.

Algo estava errado e eu sabia que deveria procurar um médico. Eu ainda era jovem, deveria ser forte e ter um futuro longínquo, mas já não sabia o que era aquela dor no ventre, a fadiga, a urina que me escapava. Talvez um medicamento me consertasse, talvez devolvesse ao meu corpo aquilo que agora me fugia pelas solas dos pés.

Então fui ao médico, e tive que voltar muitas vezes. Fiz exames. Voltei. Fui a outro médico. Um oncologista. Fiz mais exames. E ele me deu as notícias do meu corpo para mim: células anômalas cresciam do meu útero para a bexiga e para a pelve, e já ocupavam inclusive meus ossos.

"Câncer no colo do útero. Estágio IV. Eu sinto muito, Izabel", disse o médico.

"Quanto tempo?"

Ele me disse que era questão de meses.

Eu me apagaria feito uma vela.

As mãos da minha avó cuidaram de mim assim como semearam a terra da Canastra. As mãos da minha mãe lavaram, passaram e torceram por mim. E agora que todos se foram, não havia ninguém para eu cuidar, a não ser de mim mesma. E eu falhara miseravelmente. Enquanto eu aprendia a viver, elas estavam lá. E agora que eu aprendia a morrer, quem estaria lá? O que me restava era juntar as palmas das mãos em prece.

Com medo de morrer antes, dediquei-me a terminar o livro que eu escrevia. Faltava tão pouco. Eu claramente trabalhava para o amanhã. Chegou um tempo em que os remédios já não faziam efeito, e eu deitava na cama com a máquina de escrever no peito. As últimas palavras tecladas foram como gotas de chuva caindo na terra seca.

Eu estava livre e poderia partir.

Juntei todas folhas e as coloquei em um grande envelope pardo. Era quinta-feira, o dia em que alguém costumava aparecer na pensão para ver como eu estava, desde que eu parara de trabalhar no bar. Naquele dia, passou pela porta justamente a editora dos meus livros, com um sorriso que foi se desfazendo ao me ver. Aparentemente eu já não estava tão bem quanto ainda acreditava.

"O livro está pronto. Publique um dia, quando a ditadura cair"

Ela pousou uma mão sobre a minha e sorriu, concordando convulsivamente, enquanto apertava o envelope no braço esquerdo.

"Não fale nada mais, Izabel. Guarde suas forças"

Minutos depois, a ambulância chegou e este foi meu penúltimo passeio pelas ruas de Niterói.

Internada no hospital, recebi a visita dos amigos que um dia pagaram pelo funeral da minha mãe. Segurei em suas mãos e sorri com gratidão. Apareceram também amigas da resistência. Segurei em suas mãos e pedi que não parassem de lutar.

Eu tinha feito amigos. A menina de quatorze anos jamais acreditaria que teria amigos para contar nos dedos dos pés e das mãos.

Fico suficientemente feliz com as versões minhas existentes na memória de cada um deles. Por muitas vezes, deixei de me perder porque alguém sempre procurava por mim. O antídoto para a morte era certamente tornar-se uma rememoração constante.

Em determinado dia, recebi a visita de uma mulher de cabelos louros que eu só reconheci pelo som de sua voz: era a cartomante. Sua presença evocou a doce memória da escritora naquele sábado bonito. Ela apertou forte a minha mão e deixou comigo um arcano do tarô: o mundo.

"Tenha uma boa passagem, Izabel", disse ela, enquanto uma lágrima generosa descia pelo seu rosto.

Entre as frases de apoio tentando me dar esperança de uma recuperação, aquela era a que eu precisava ouvir naquele momento. Segurei sua mão e lhe disse que Saturno havia de comer a cabeça de todos os seus filhos. Ela apenas sorriu, e foi-se embora, deixando-me a olhar para o mundo.

O arcano mostrava uma mulher nua dentro de uma enorme coroa de louros, um pano púrpura passava por sobre os seus quadris, deixando os seios à mostra, enquanto segurava uma varinha em cada mão. Eu não entendia de arcanos divinatórios, mas o círculo da coroa já me mostrava o suficiente para eu saber que um ciclo se fechava e a minha passagem estava completa.

Não era cedo demais.

Foi naquela noite que acordei com a cavala me cutucando com seu focinho preto. Sentei-me na cama e passei as mãos pela sua cabeça, abraçando forte o seu pescoço, demorando o máximo que podia ali, sentindo seu cheiro de floresta. Ela se afastou e abaixou a cabeça fazendo o gesto que eu tanto conhecia, ordenando que eu a montasse. Surpreendi-me quando consegui levantar e montá-la. Meu corpo parecia forte novamente.

Cavalgamos pelas ruas vazias de Niterói e assim iniciou-se um passeio pelas minhas memórias. Passamos pela frente da pensão e pensei em como tudo ali iria desaparecer, minhas fotos, meus livros, minha liberdade; e novas pessoas morariam naquele quarto com seus discos, seus travesseiros, seus desejos. Quando passamos pelo apartamento onde morei com minha mãe e sua prima, tive a verdadeira certeza de que tudo estava fadado a desaparecer, inclusive a dor. Passamos pela cafeteria e pela Universidade Fluminense e meu coração sentiu a emoção dos que finalmente são escolhidos para algo importante, pois bem me lembro como minha mãe dizia que estudar era a minha grande e única chance. Quando passamos pela antiga casa do professor, apertei a cavala com os pés para que ela parasse, e assim ela o fez: ficamos paradas ali em frente, diante da memória do homem que havia ajudado uma menina a ter sua grande e única chance. Seguimos, atravessamos a Guanabara, e só paramos quando estávamos em frente aos portões altos de ferro do Cemitério do Caju, e me perguntei por que a cavala nos trazia justamente àquele lugar, dentre todos os que abrigavam as memórias da minha amiga escritora. Lembrei-me dos olhos desprotegidos e da estranheza que nos colocou íntimas, de uma forma que só a solidão daqueles rodeados por pessoas poderia fazer. Eu só esperava que ela tivesse finalmente encontrado a mão da alegria, porque a felicidade nos seria eternamente clandestina.

Prosseguimos. Chegamos a uma longa avenida e logo reconheci o local. Cavalgamos por toda a Avenida Rio Branco e fui tomada pela alegria daquele 26 de junho de 1968, em que toda a esperança do coração dos estudantes se acendeu dentro de nós e, por um dia, tivemos mais coragem do que medo. Eu só esperava que não deixassem de lutar, apesar do medo, apesar de tudo.

Seguimos. A cavala nos levou até o mar, para onde pulou sem me avisar. Mergulhamos e nos movemos por toda a água por vários quilômetros, até emergirmos em um rio, longe de onde havíamos partido. Entendi onde estávamos assim que reconheci o riacho que ficava perto do sítio: havíamos voltado para casa.

Não era cedo demais.

Atravessamos um pedaço de mata e chegamos perto do sítio, fitei as hortas e vi batatas-doces e pés de couve brotando famintas da terra. Encarei o galinheiro e vi as galinhas que sabiamente guardavam meus segredos. Olhei para o barracão e vi a vó dando benção e recebendo cartas do mundo do lado de lá.

Trotamos novamente em direção ao riacho e me lembrei do dia em que vi o céu refletido tão perfeitamente em suas águas que me perguntei qual dos dois era real. E a cavala me disse: "tanto faz". Essa era a questão dos milagres e das sombras nas cavernas, tanto fazia qual era a realidade mais palpável, se tudo existia, se tudo era espelho vindo da mesma areia.

Pensando nisso, abaixei meu rosto e olhei para a água. O susto do reflexo me jogou para trás: para minha surpresa, eu era a cavala.

Eu era a cavala.

Senti o mundo convergir para dentro de mim, como devem sentir os ventos que criam furacões. Dentro dos meus olhos de cavala, o mundo se fez menos cruel, e me senti parte do caos e do cosmos.

Meu coração de cavala era agora como uma pedra vulcânica aberta ao meio por uma espada. Quem olhasse em meus olhos conheceria o mundo porque eu tinha visto além do permitido, num tempo em que cavalas não eram seladas nem domadas.

O que é que eu viro quando chegar ao fim?
Se de cavala virei gente e de gente, virei cavala.

Desta vez, eu não temia passar pela curva do rio. Estava sempre passando. Sempre de passagem pela vida no mundo. Era sempre vírgula e nunca o ponto final.

Quando meu peito explodia, eu corria e corria e corria a favor do tempo e contra o vento. E eu me sentia viva com o coração queimando.

Agora eu sabia que o caminho das mulheres é muito longo entre a partida e o retorno para casa. Vi corpos de mulheres balançando nas árvores porque um dia ousaram controlar a natureza, vi mulheres queimando no fogo ardente porque seus corpos eram bonitos demais, vi mães matarem seus filhos para que não voltassem ao desterro da escravidão, vi mulheres sendo invadidas no meio das pernas por baratas e ratos como forma de tortura, vi meninas se casando de vestido branco, vi crianças parindo outras crianças, vi mulheres que não eram para ter existido.

Mas também vi mulheres correndo para o fogo. Vi uma mulher vestir-se de homem e empunhar uma espada, liderando todo um exército; vi uma mulher negra bater o pé e recusar-se a ceder seu lugar no ônibus a um homem branco; vi uma mulher calcular a rota de um foguete; vi uma catadora de lixo se tornar escritora; vi uma mulher indígena gritar que seu corpo não era território; vi uma menina baleada no rosto porque queria ir para a escola. Vi Angelas, Marias, Daiaras, Joanas, Fridas, Nises, Virginias, Rosas, Clarices, Tonis, Marielles.

No passado ou no futuro. Ser mulher era uma consequência.

Era chegada a hora de encontrar a cura na água na altura do peito.

Um pingo e a água transbordou.

Vou renascer como a água que passa pelas pedras.

Minha mãe me chama de volta para casa. Minha avó me chama de volta para casa.

Vou pedir licença para sair deste mundo.

Esse mundo era mesmo grotesco.

Fui varrida da face da terra.

Eclipsei-me.

Quando eu tinha sete anos, a televisão de casa queimou. Passamos a frequentar a biblioteca. Minha mãe nos levava à Biblioteca Municipal, todas as semanas, para buscar revistas e livros.
Mesmo um ano depois, quando a televisão foi consertada, ela continuou desligada, dando lugar às páginas e às histórias.
E assim eu reconheci nos livros o poder que têm os amuletos: lembrar que alguém olha por ti.

Esta obra foi composta em Minion Pro
em setembro de 2024 para a Editora Patuá